On a perdu Raoulinho

Roland Martin

On a perdu Raoulinho

Illustrations de Nicolas Gallois

Mon Marque-Page +
Didier Jeunesse

À la petite reine.

Pour Alexandra, Audrey et Robin.

Chapitre 1

Au commencement était le début

Saint-Étienne. C'est là que je vis. Une ville pas très grande, connue essentiellement pour ses Verts.

Attention, pas ses verres à moutarde (non, ça, c'est à Dijon), ni ses vers de terre (non, ça, c'est dans la terre), ni ses vairs (non, ça, c'est aux pieds de Cendrillon, et Cendrillon, on a beau dire ce qu'on veut, elle transpirait certainement des pieds, comme tout le monde, surtout dans des souliers en fourrure).

Je veux parler de l'équipe de foot de Saint-Étienne, dont les joueurs portent des maillots verts, des shorts verts et des chaussettes vertes (pour les slips, le mystère reste entier). Voilà. Du coup, fatalement, on les appelle « les Verts ».

À « la grande époque », dans les années soixante-dix, quand Jeanne Calment était à peine centenaire et que l'équipe était super fortiche, on parlait de l'« épopée des Verts ». Rien que ça !

Saint-Étienne devenait le nombril de la France, et le pays tout entier chantait à tue-tête « Allez les Verts ! Allez les Verts ! »

Bref.

Peu importe.

En plus, moi, je m'en fiche un peu complètement du foot.

Mon truc, c'est le cyclisme.

Parce que, voyez-vous, je suis un vélo.

*

Voilà deux ans déjà que je suis le vélo de Valérie.

Valérie, tout le monde l'appelle Valoche. Mais Valérie, elle trouve ça moche, Valoche.

Alors moi, je l'appelle Valérie, Valérie (même si elle ne le saura probablement jamais, parce qu'elle ne se doute pas vraiment que je suis un petit être vivant sous mon squelette d'acier).

En plus il lui va vraiment bien son prénom, à Valérie.

Il suffit de la voir sur son vélo (c'est moi !) dévaler la vallée. Alors Valérie rit, rit, mais rit ! À en avoir des crampes dans les joues autant que dans les mollets.

Si je respecte son prénom, à Valérie, c'est aussi parce que de son côté, elle ne m'appelle pas n'importe comment non plus. Elle m'appelle « mon vélo », tout simplement. C'est idiot mais ça m'enchante qu'on dise de moi que je suis un *vélo*.

Parce que je ne suis pas un jeune premier, vous savez. J'ai déjà connu une petite vingtaine de petits propriétaires. On m'a refourgué de grand frère à petite sœur, de cousin Loïc à cousin Antoine, on m'a vendu sur des vide-greniers et même une fois récupéré à la décharge où m'avait jeté une famille dont je préfère oublier le nom (bon d'accord, c'était les Grenouiller, on a du mal à oublier ces choses-là en fait). Et pour en revenir à cette histoire de sobriquet, on ne m'a pas forcément épargné. On m'a appelé « bicyclette » (quelle horreur ! je veux bien être un vieux vélo, mais tout de même!), «bicloune» (d'accord, j'ai un petit air rigolo avec mon grand guidon, mais de là à me faire passer pour un clown...), «bike» (franchement, ça fait prétentieux, surtout pour un vélo de mon espèce) et même «tas de ferraille» (je préfère ne pas faire de commentaire).

Tout ça pour dire qu'elle est sympa, Valérie.

Elle a onze ans, mais pas toutes ses dents. Elle est recouverte de grains de beauté d'une grande beauté. Elle est drôle et bien vivante.

Et comme tous les enfants de son âge, elle se pose beaucoup de questions. Je le sais parce qu'elle se les pose à voix haute, ces questions, en faisant tourner mes pédales à toute vitesse, la tête en avant et les cheveux en arrière.

*

«Comment on change une roue crevée?»

«Pourquoi on grandit?»

«Quand je serai une vieille mémé, est-ce que j'aurai un chignon?»

«Ça fait quoi d'embrasser un garçon?»

Chapitre 1

Voilà le genre de questions que Valérie se pose en descendant la colline de Beaubrun à trente-cinq kilomètres-heure tous les matins pour rejoindre son collège.

Le soir venu en revanche, elle ne s'en pose plus qu'une. Toujours la même : « Han ! Pffff pffff ! Mais pourquoiiiii y a-t-il autant de colliiiiines dans cette viiiille ? »

Arrivée à la maison, elle me jette dans le garage. Une fois sur deux je me retrouve par terre, étalé de tout mon long pas si long. Mais j'aime bien. Ça me repose les pneus.

Valérie, elle, comme si elle n'était pas assez essoufflée par l'ascension de la colline, grimpe les marches quatre à quatre jusqu'au grenier.

Elle y retrouve son papy et lui saute au cou, qu'il a tout ridé. C'est sous les toits qu'il passe le plus clair de son temps, le papy. Il y bricole des trains électriques, construit des paysages en papier mâché, transforme des petits morceaux de mousse qu'il a ramassés dans la forêt en forêts elles-mêmes, réincarne des vieux cintres de fil de fer en ponts improbables.

« C'est un magicien ! » répète Valérie à propos de son grand-père à qui veut l'entendre.

Les trains de l'ancêtre ont une particularité : ce sont exclusivement des trains de marchandises. Et les marchandises ont elles-mêmes une particularité : elles sont exclusivement de la nourriture. Parce que l'autre passion du papy, outre les trains, c'est la cuisine. Le manger. « La becquetance », comme il dit. Alors en plus des paysages, des forêts et des ponts, il élabore aussi des légumes miniatures. D'un simple coup de gouache orange, il transforme un tas de vieux petits pois tout secs en troupeau de citrouilles gorgées de vie.

Et ensuite, il file dans la cuisine pour préparer une soupe de lentilles ou un gratin de coquillettes aux topinambours.

C'est une fine gueule, le papy. À tel point qu'en réalité, on l'appelle « Papilles ».

*

Bon, je continue les présentations. (C'est pas franchement le boulot d'un vélo, mais si je le fais pas, j'ai l'impression que personne ne s'y mettra.)

Chapitre 1

Les parents de Valérie sont hauts en couleur. Au sens propre, pour commencer.

Son père, d'abord, doit être daltonien. Pour porter des vêtements aux couleurs si vives et si mal assorties, il n'y a pas d'autre explication possible. Sans parler des motifs qu'il marie atrocement. Exemple : des rayures en bas, des petits éléphants en haut et des gros carreaux par-dessus.

Sa mère, ensuite, est hôtesse de l'air. Et le moins qu'on puisse dire, c'est que sa compagnie aérienne n'y est pas allée de main morte en choisissant le bleu des uniformes. C'est un bleu pire qu'électrique. Je ne suis pas même certain qu'il existe un qualificatif pour ça. Alors inventons, et disons… électronothermomique. Un bleu comme il n'en existe nulle part dans le ciel en tout cas (sauf, de fait, à bord des vols Air Lagoon). Ça pique les yeux, ça fait clignoter les paupières, ça fait s'entortiller les cils.

Les parents de Valérie sont également hauts en couleur au sens figuré. Mais bon, ça, vous le découvrirez au fil de ces pages écrites tant bien que mal par votre serviteur.

Chapitre 2

Un drôle de portemanteau

Ce matin, phénomène rare, Valérie arrive à l'heure à l'école. Elle ne s'est pourtant pas levée plus tôt que d'habitude, n'a pas englouti ses biscottes beurre-marmelade plus goulûment que les autres jours, n'a pas boycotté son brossage de dents, et n'a battu aucun record de vitesse à bord de moi-même. C'est comme ça. Il y a des choses qui ne s'expliquent pas, même dans la vie de tous les jours. C'est ce qui fait tout le charme du banal : savoir parfois se montrer extraordinaire.

Et justement, une fois Valérie et ses petits camarades installés dans la salle de classe pour le cours de français, le banal se montre une deuxième fois extraordinaire.

– Il y a du nouveau ! s'exclame madame Blanchard en pointant du doigt le portemanteau sur lequel est suspendu son imperméable en jacquard arc-en-ciel (madame Blanchard s'entendrait très bien avec les parents de Valérie).

Les élèves haussent les épaules, ou un sourcil, voire les trois pour les plus doués. Bah non, rien de très nouveau, semblent s'étonner les enfants. Cet imperméable a déjà fait ricaner des générations entières de sixième quatre ! « Madame Blanchard doit être fatiguée », pense plus précisément un élève au premier rang. « L'âge de la retraite a sonné », en déduit un autre. « Elle perd la boule, la vioque… » en conclut même perfidement un troisième.

Mais madame Blanchard est une maligne. Elle aime jouer de son âge semi-canonique pour prendre ses élèves à contre-pied. Histoire de leur rappeler que c'est *elle* la patronne. Alors elle précise, fière d'elle :

– Enfin non. Pour être plus explicite et vous rappeler au passage la malheureuse confusion que peut engendrer un déterminant utilisé à mauvais escient, il n'y a pas *du* nouveau, mais *un* nouveau.

Chapitre 2

Et là, devant vingt-neuf paires d'yeux qui retiennent leur souffle (oui bah j'écris ce que je veux !), une manche de l'imperméable se met à bouger (je crois que c'est d'ailleurs ce qu'on appelle un effet de manche). Han ! Ça alors ! En plus de ses pieds en bois, le portemanteau a des pieds en baskets !

Une tête apparaît alors sous la manche. Une tête… et une mèche surtout ! Et quelle mèche ! Une grande mèche blonde de fille, mais qui recouvre une petite tête de garçon !

– Je vous présente Valentin, sourit madame Blanchard en tendant son bras en direction de la mèche.

Valentin sourit aussi. Valentin rosit. Et puis Valentin rougit franchement. Avec sa mèche blonde, il a vaguement une tête de drapeau espagnol.

D'un pas de côté, il sort de sa cachette, fermement décidé à affronter le monde, mais sur la pointe des pieds.

– Il a emménagé à Saint-Étienne avant-hier. Je vous demande évidemment de lui réserver le meilleur accueil, continue madame Blanchard avant de s'adresser directement au nouveau venu. Valentin, tu peux aller t'asseoir. Il y a une place à côté de Valérie.

C'est décidément la matinée des têtes bizarres. Car celle de Valérie prend la forme d'un « Gloups ! »

*

La journée d'école terminée, Valérie me saute dessus et fait tourner mes pédales si vite qu'en les remplaçant par des fouets de cuisine on pourrait facilement monter une mayonnaise.

Si elle se montre si pressée de rentrer chez elle, c'est qu'il y a une bonne raison : aujourd'hui, quelqu'un est de retour à la maison.

– Mamaaaaan ! s'écrie Valérie en écrasant amoureusement sa joue pleine de sueur contre le bleu électronothermomique de l'uniforme de sa mère.

– Bonjour, ma grande puce ! sourit cette dernière qui, pour rester dans la grande famille des insectes, a des allures de sauterelle. Ça s'est bien passé ta journée à l'école ? Il y a du nouveau ?

Chapitre 2

– Ah non, maman ! Il faut que je te fasse réviser tes déterminants. Il y a *un* nouveau ! Et toi ? C'était chouette la Guinée équatoriale ?

– Très ! J'ai rapporté de quoi faire un *apouammbong* et du *supu sa topepam* ! se réjouit la mère de Valérie en ouvrant grand ses yeux gourmands.

L'avantage avec une mère hôtesse de l'air, c'est que Valérie obtient les meilleures notes de sa classe en géographie. Elle est incollable sur les capitales des cinq continents, les chaînes de montagnes les plus reculées, et sait écrire Kirghizistan les yeux fermés.

L'inconvénient avec une mère hôtesse de l'air, c'est quand elle est aussi mauvaise cuisinière que grande voyageuse. En effet, la maman de Valérie est toujours ravie de reproduire à la maison les plats les plus subtilement exotiques qu'elle a dégustés aux quatre coins du monde. Elle se montre alors d'un enthousiasme débordant derrière les fourneaux. Mais si ses spécialités locales délocalisées sont le plus souvent très jolies, très riches en couleurs (c'est peut-être ça qu'elle aime dans le fond ?) et parfois même sentent bon, une fois dans la bouche, pouah ! C'est systématiquement raté. Autour de la table, le père de Valérie sourit alors à sa femme en mâchant sans fin, Valérie grimace en battant des cils pour faire diversion, et Papilles se demande comment il a pu enfanter si piètre cuisinière, en grommelant invariablement dans sa barbe (qui ne garde rien pour elle) : « Arf… les mychtères de l'hérédité ne cheront donc chamais levés ! »

Une fois le calvaire familial terminé, la maman de Valérie débarrasse la table, toute guillerette. Elle regagne la cuisine les bras chargés d'assiettes avalées tant bien que mal par les uns et les autres. À table, tout le monde se regarde sans dire un mot, l'air complice, en se retenant de rire, ravi en tout cas que l'épreuve soit passée.

« Un jour, il faudrait avoir le courage de le lui dire… » pensent en même temps son mari, son père et sa fille. « Mais ça lui ferait trop de peine », se résignent-ils aussitôt.

Ça doit être ça, se dit Valérie, un secret de famille.

*

Chapitre 2

C'est joli Saint-Étienne, je dis pas. C'est vallonné et pittoresque. Mais parfois j'ai l'impression qu'il y pleut quatre cents jours par an. Et un vélo, c'est comme un humain : ça finit par rouiller. Quand on me saute dessus, j'ai la selle qui couine. Quand on me fait tourner un peu vite, j'ai le guidon qui grince. Et quand on me fait serrer les mâchoires de mes freins, j'ai tellement peur d'y laisser un plombage de caoutchouc que je lâche un cri strident.

Heureusement, Papilles veille sur moi. Parce qu'il sait ce que vieillir veut dire, il ne manque jamais de rappeler à Valérie que j'aurais peut-être besoin d'un petit coup d'antirouille par-ci, ou de quelques gouttes d'huile par-là.

Privilège de son jeune âge, Valérie, elle, ne rouille pas. Pas plus au niveau de ses articulations que de ses neurones. Elle a toujours une idée saugrenue à sortir de son chapeau. Les jours de pluie justement, à peine rentrée à la maison, elle retire chaussures gorgées d'eau et chaussettes imbibées qu'elle s'empresse de faire sécher au micro-ondes. La première fois que son père l'a vue faire, elle s'est contentée de hausser les épaules en lâchant un « Bah quoi ? » imprégné de sincérité et d'innocence. Son père a souri sans rien dire. Il n'ose sans doute pas brider l'imagination de sa fille.

*

Il pleut, donc.

Valérie arrive à l'école, et derrière ses cheveux dégoulinants plaqués sur son visage, elle râle. La cour de récréation est étrangement calme. Personne ne court en hurlant. Personne ne rit à gorge déployée. Personne ne tape sur personne. Personne ne saigne du nez. Les élèves sont réunis par grappes dans un murmure commun (un peu comme s'ils avaient trente ans de plus et que, salariés d'une grande entreprise, ils profitaient de leur pause cigarette pour discuter de choses graves et ennuyeuses).

– Salut, Valérie, ça va ?

Valérie sursaute et se retourne. C'est Valentin, le petit nouveau, avec sa mèche blonde elle aussi trempée par la pluie et comme placardée sur son front.

– Ha ! Sa… salut, Valentin… balbutie-t-elle.

Chapitre 2

– Il pleut, hein !

– Ah nan ! T'as rien vu encore ! rigole Valérie. Attends l'automne et tu vas découvrir la mousson !

– Ah flûte !

– Ah non, flotte ! reprend Valérie pour faire rire Valentin.

Et ça fonctionne. Valentin rit de toutes ses dents. Enfin non, de tous ses trous de dents en fait. À croire que ses dents de lait sont tombées en oubliant de prévenir les définitives de prendre la relève. Résultat : il a le sourire crénelé d'un château fort en ruines. Mais Valérie fait semblant de ne pas s'en étonner et enchaîne.

– Tu sais ce qui se passe ? Tu sais pourquoi tout le monde a l'air tristement adulte ce matin ?

– C'est à cause de Roulignot, explique Valentin sans avoir l'air de bien savoir de qui il s'agit.

– Tu veux dire Raoulinho ?

– Peut-être oui… C'est qui ce Raoulinho ?

– Han ! s'estomaque Valérie à voix basse, mais tu te rends pas compte, Valentin ! Tu peux pas vivre ici sans connaître Raoulinho ! C'est le plus mauvais footballeur que le club de Saint-Étienne ait jamais connu. Un Brésilien génialement maladroit qui passe son temps à marquer des buts contre son camp.

– Bah tu sais, moi, le foot…

– C'est vrai ? Toi non plus t'aimes pas ça ? se réjouit aussitôt Valérie.

– Nan. Moi, je fais du skate ! C'est pour ça, t'as peut-être pas remarqué, mais il me manque quelques dents.

– Ah bon ? Non non, j'ai pas remarqué, ment joliment Valérie en regardant en l'air.

– Je me les casse les unes après les autres. Alors en attendant que celles d'en dessous poussent, j'ai l'air d'un abruti.

– Non non je t'assure ! continue de mentir Valérie avant de changer de sujet. Et il lui est arrivé quoi encore à Raoulinho ? Il a fait une nouvelle boulette ? Un ratage de compétition ? Il a encore battu un record de vues sur YouTube ?

– Non, pire que ça, je crois. Il a disparu.

– DISPARU !? s'étrangle Valérie dans un cri qui fait se retourner tous les élèves de la cour sur elle et Valentin qui, embarrassé, sourit à pleines gencives.

Chapitre 3

Raoulinho à toutes les sauces

– Tu repars quand en voyache, ma douche enfant ?

– Oui bonne quechtion, tu repars quand, ma chérie ?

– Ch'est vrai cha, maman, quand est-che que tu repars ? demandent à l'hôtesse de l'air son père, son mari et sa fille, tous trois la bouche pleine de restes de *supu sa topepam*.

– Dans trois jours, mes amours.

– Et où cha ?

– Où cha ?

– Où cha donc ? poursuivent-ils l'air inquiet en croisant les doigts pour que la destination ne soit pas outrageusement exotique.

– Madrid !

– Chenchach' !

– Chénial !

– Ch'est chuper !

Tout le monde respire. D'autant que le *supu sa topepam* est maintenant liquidé pour de bon, et que le restant d'*apouam-mbong* fait la joie de Marguerite.

Oui je sais, je ne vous ai pas encore parlé de Marguerite.

Et pour cause : Marguerite m'insupporte.

C'est l'animal de compagnie de Valérie. Elle est grosse, et toute blanche avec des taches noires. Normalement, c'est le type de gros mammifère qu'on rencontre plutôt à la campagne. Et qui mange essentiellement de l'herbe. Vous voyez ?

Perdu, c'est pas une vache ! mais un lapin. Enfin, plutôt une lapine. Qui s'appelle Marguerite donc. Ça arrive (même si, à ma connaissance, ça n'est arrivé… qu'à Marguerite). Et si elle m'insupporte, c'est parce que Valérie se pique parfois de lui faire prendre l'air dans un panier accroché au guidon de votre serviteur. Et je me retrouve alors systématiquement recouvert de petites crottes de bique de lapine écrasées un peu partout, façon varicelle. Et surtout, surtout, elle me grignote les câbles de frein, cette cochonne !

Bref, Marguerite, c'est pas un cadeau.

*

– Vous avez vu ça ? s'exclame Papilles à la table du petit déjeuner en refermant son journal. Raoulinho a déserté !

– Oui glblbl j'ai entendu ça glblblbl à la radio, confirme le père de Valérie, le nez plongé dans son bol de café.

– Ah ! Mais je pensais qu'il avait disparu ! s'étonne Valérie.

– Déserté, disparu, glblblbl c'est un peu pareil, ma puce.

– Mais où ?

– Ahglblblbl bah si on le savait…

– Et c'est si grave que ça qu'il ait disparu ? Enfin je veux dire : « déserté » ?

– D'un point de vue purement sportif, non, explique Papilles à sa petite-fille. Au contraire même. Le meilleur moyen pour les Verts d'arrêter de perdre des matchs, c'est de ne surtout plus faire jouer ce fanfaron !

– Mais d'un point de vue glblblbl financier, c'est un vrai manque à gagner pour le clublblblbl…

– C'est-à-dire ? Je comprends rien, papa. Déjà que tu glblblbl tout le temps !

– OK gloups, je vais tout t'expliquer, ma puce gloups gloups, commence le père en avalant une dernière gorgée de café avant de poser son bol sur la table. C'est très simple : au foot, les joueurs ont un prix, ils valent de l'argent.

– Comme des esclaves !?

– Euh… admettons oui, le parallèle n'est pas complètement idiot.

– Beaucoup d'argent ?

– Certains joueurs valent plus cher qu'un Airbus… On peut dire que les prix s'envolent, hé hé ! Mais bref : si le club ne remet pas la main sur Raoulinho, il ne pourra jamais le revendre à un autre club. Le bonhomme a beau avoir les pieds complètement carrés, il représente un beau paquet de sous !

– Mais pourquoi il vaut des sous s'il est si nul ?

– Parce qu'il fait des millions et des millions de vues sur YouTube, ma puce ! Et que ça génère des millions et des millions d'euros qui remplissent les caisses du club. Pour résumer : le club de foot gagne des sommes d'argent colossales en faisant jouer son plus mauvais joueur.

– Mais c'est n'importe quoi !

– Absolument. Et c'est précisément ça, le football ! conclut Papilles dans un éclat de rire rutilant avant de rejoindre son fauteuil le journal à la main.

*

Sur le chemin de l'école, Valérie repense à Raoulinho. Elle se livre à voix haute, se confie à moi. « Je peux tout te dire parce que je sais bien que tu le répéteras pas, c'est l'avantage avec les vélos. »

(Oui, enfin bon, fais quand même attention, Valérie, tu ne connais pas l'expression « Il faut se méfier d'un vélo qui dort » ?)

« Tu sais, poursuit-elle, dans le fond, je crois que je l'aime bien, moi, ce Raoulinho. Déjà parce que personne ne l'aime, le pauvre. Alors ça le rend attendrissant, on a comme envie de le protéger. Et puis pour moi qui ne comprends rien à rien au foot, qui n'en raffole vraiment pas pour tout dire, ça me plaît bien l'idée qu'il zigouille les résultats des Verts par sa maladresse. Si ça pouvait permettre à tout le monde dans cette ville de s'intéresser un peu à autre chose qu'à la baballe, j'en serais ravie. En plus, j'ai appris que grâce à tout l'argent qu'il gagne ici, il fait vivre les trois quarts du village dont il est originaire au Brésil. C'est quand même sacrément gentil! Alors qu'il pourrait faire comme les autres gars de son équipe : tout dépenser dans une télé de quatre mètres de large ou dans des voitures de sport de crâneurs... Et puis si je veux être tout à fait honnête, je vais t'avouer un secret : Raoulinho, je le trouve mignon! Même s'il est très grand et qu'il a les jambes arquées. Même s'il arbore des coupes de cheveux à faire pâlir de jalousie les cacatoès. Même s'il a beaucoup plus de dents que sa bouche ne peut en contenir, et que du coup elles sont très mal rangées (mais n'empêche, il a vraiment un sourire qu'on a envie d'embrasser). Même s'il a un nom qui prête à sourire justement. Même si tout ça. “Le cœur a ses raisons que la raison ignore”, comme l’a expliqué l’autre jour madame Blanchard, qui le tenait d’un certain Pascal (certainement un ami). »

*

Arrivée en classe, Valérie sourit à Valentin qui s’assied à côté d’elle. Elle se dit que lui aussi, elle l’aime bien. Que lui aussi, elle le trouve beau.

« OK, concède-t-elle en l’observant lui rendre son sourire, il lui manque une bonne cinquantaine de dents pour rivaliser avec Raoulinho en la matière, mais quand il arrêtera de s’en casser certaines, que d’autres auront repoussé, et que les derniers vides auront été comblés par son dentiste, je crois bien que je pourrais bien le trouver irrésistible ! Et puis il est de mon âge. Et puis, comme moi, il aime pas le foot. Et puis sa grande mèche blonde a l’air follement douce. Et puis je crois que je suis déjà un petit peu amoureuse en fait… »

*

À l'heure de la récréation, Raoulinho arrive toujours largement en tête des sujets de conversation.

– Il paraît qu'il est parti chez lui au Brésil pour les vacances, et qu'il veut pas revenir à Saint-Étienne !

– Exactement comme moi quand j'étais parti en vacances chez ma mamie à Port-de-Bouc !

– La chance qu'il a, n'empêche, de faire l'école poissonnière…

– Buissonnière.

– Quoi « buissonnière » ?

– On dit l'école « buissonnière », pas « poissonnière ». C'est quand on préfère aller se balader dans les buissons, dans la nature, que d'aller à l'école. Ça veut rien dire l'école poissonnière, ha ha ha !

– Gnagnagna… Bah euh… Si ! Ça veut dire qu'on préfère aller à la pêche qu'à l'école par exemple !

– Ha ha ! Alors là il t'a bien eu ! Paf ! Dans les dents !

– Ah non, pitié, pas les dents… pense à voix haute Valentin qui vient de rejoindre le petit groupe.

– Bon bref, toujours est-il qu'il est paumé dans la pampa, le Raoulinho !

– On va peut-être enfin se remettre à gagner des matchs !

– Cool !

– Ouais, cool Raoul même !

– Ha ha !

– Ha ha !

– J'ai pas compris…

– Ha ha !

– Ha ha !

*

Driiiiiiing ! Ça y est, l'heure de la fin des cours sonne enfin. Au même moment, le soleil fait son apparition entre les nuages. Valérie se sent légère. Elle aperçoit, quelques mètres devant elle, Valentin sortir du collège, son skateboard sous le bras, et court le rattraper.

– Valentin ! Valentin !

Il se retourne. Sa mèche vole. Et c'est Valérie qui en est toute retournée.

– Tu… ? Enfin, on… on rentre ensemble ?

– Ah oui, super idée !

– Mais euh… t'habites où au fait ? rigole-t-elle.

– Un peu plus bas. Et toi ?

– Un peu plus haut, mais c'est pas grave, je t'accompagne.

– OK. On fait la course ? lui propose Valentin en s'étonnant lui-même de cette curieuse idée.

– Ça roule ! lui répond Valérie du tac au tac en me sautant dessus.

Et voilà. Une collectionneuse de grains de beauté et un petit blond édenté dévalent la colline de Beaubrun à toute berzingue. Décoiffent les mamies sur leur passage. Rient aux éclats. La mèche de Valentin n'a jamais semblé aussi vivante. Valérie réalise qu'elle est folle de cette mèche folle.

La vie est belle. Douce. Ronde. Et en plus, elle a le parfum du printemps.

– Ça te plaît Saint-Étienne ? demande Valérie à Valentin.

– Oui je crois. Enfin, disons que je découvre petit à petit.

– C'est mieux de procéder de cette manière parce que, tu verras, c'est pas très grand, sourit Valérie.

Chapitre 3

Valentin sourit à son tour. Il trouve à Valérie autant de charme que d'esprit. Et il se dit qu'il a beaucoup de chance que madame Blanchard lui ait demandé de s'asseoir à côté d'elle le jour où il a débarqué en classe.

– Et le collège, tu l'aimes bien ? poursuit Valérie.

– Assez oui, répond Valentin. Par contre je trouve les élèves, je sais pas, un peu… bizarres !

– Ha ha oui, je suis bien d'accord avec toi, s'exclame Valérie. Ils se passionnent pour des drôles de trucs parfois. T'as entendu parler de l'affaire des spaghettis ?

– Ah non ! rétorque Valentin, curieux d'en savoir plus. J'ai déjà entendu parler de *L'Affaire de l'huile de tournesol*, ou quelque chose dans le genre, mais *L'Affaire des spaghettis*, ça ne me dit rien du tout !

– Alors voilà : un jeudi sur deux, il y a toujours eu des spaghettis à la cantine, avec de la sauce tomate et des boulettes de viande hachée. Mais l'an dernier, le collège a décidé de servir davantage de plats végétariens. Et c'est tombé sur les spaghettis. Alors d'un seul coup, même s'il y avait toujours des spaghettis tous les quinze jours, même s'il y avait toujours de la sauce tomate, eh bah il n'y avait plus de boulettes. *Pfiooout!* Envolées !

– Et ça a fait toute une histoire ?

– Pire que ça ! Les élèves ont fait tourner une pétition. Et ils ont même organisé une manifestation dans la cour ! Avec des banderoles et des slogans. Des vrais morfalous !

– Ils sont zinzins !

– Complètement…

Valentin saute de son skate, et Valérie serre mes poignées de freins.

– Voilà, j'habite là, au neuvième, explique Valentin en pointant fièrement son index en direction d'un balcon fleuri.

– Ça a l'air… haut ! commente Valérie en se sentant très bête de dire un truc pareil.

– Euh… oui, c'est pratiquement le dixième étage quand on y réfléchit, répond Valentin en se disant qu'il aurait justement dû réfléchir un peu avant de sortir une banalité de ce calibre.

– Et… juste en dessous… c'est le huitième alors j'imagine ? s'enfonce Valérie en se traitant intérieurement de fille la plus débile de la galaxie.

– Oui exactement, t'as deviné ! la félicite Valentin, tout content de constater que Valérie n'a pas l'air beaucoup plus à l'aise que lui.

Ils se regardent du coin de l'œil, se sourient, rougissent un tantinet, avant de franchement pouffer.

– Salut, Valentin, à demain.

– Salut, Valérie, c'était chouette.

– Ce que j'ai dit sur les étages ?

– Ha ha oui ! Et puis tout le reste !

Chapitre 4

Des gaffes à pleins tubes

Les jours passent. Lentement mais sûrement. D'ailleurs il y a un signe qui ne trompe pas : à la demande de sa petite-fille, Papilles a légèrement monté ma selle et mon guidon.

Les jours passent donc, et Valérie pousse.

Et pendant qu'elle pousse, sa maman est toujours à Madrid. Elle lui manque, fatalement. Alors Valérie tue le temps comme elle peut, elle rêvasse.

Mais la bonne nouvelle, c'est que Papilles se retrouve à nouveau derrière les fourneaux.

Et toujours pas de nouvelles de Raoulinho.

– Et toujours pas de nouvelles de Raoulinho !

s'étonne justement le papa de Valérie. (C'est amusant comme les grands esprits se rencontrent.)

– Aucune ! lui confirme Papilles en surveillant son coulis de tomates. Impossible de lui remettre la main dessus. Pourtant le club de Saint-Étienne a fini par envoyer ses propres enquêteurs sur place, au Brésil !

– Quelle histoire quand même…

– J'aimerais bien qu'on le retrouve, moi, le loustic, poursuit Papilles. Il nous fait perdre beaucoup de matchs, mais au moins grâce à lui on reparle du club. Comme à la grande époque !

– Oui eh bah moi, je suis bien content qu'il ait disparu, le bougre. Le club est la risée de tout le monde à cause de lui !

– Vous savez à quel point je vous apprécie, cher gendre, mais je trouve que vous manquez parfois un chouïa de fantaisie.

– Vraiment ? s'inquiète le père de Valérie.

– Enfin, je ne parle pas de vos vêtements, bien entendu ! sourit gentiment Papilles.

Assise dans un coin de la cuisine, Valérie ne dit rien. Elle triture les longues oreilles de

Marguerite, posée sur ses genoux. Elle réfléchit au cas Raoulinho.

*

Un soir après l'école, Valérie prend les poignées de mon guidon à deux mains en même temps que son courage, et elle propose à Valentin de venir goûter chez elle.

Avant même que celui-ci n'ouvre la bouche, sa mèche laisse deviner d'un subtil balancement qu'il est d'accord.

Et puisque Valérie ne manque décidément pas de courage, dans la côte qui mène à sa maison, elle tracte Valentin qui, les deux pieds vissés sur son skate-board, l'encourage, tranquillement accroché à son porte-bagages. Valérie se dit qu'il ne manque pas d'air – contrairement à elle qui commence à s'essouffler –, et en même temps, tout ça l'amuse follement.

Arrivés à destination, Valérie est épuisée, Valentin tout reposé, et c'est enfin l'heure du goûter.

– Je vais te présenter mon papy, il doit être au grenier en train de bricoler un train. Et ensuite je te présenterai mon papa, il est certainement en train de ronfler dans le canapé du salon.

– Papy est en haut, il joue au cheminot, papa est en bas, on dirait un harmonica… chantonne Valentin quelques minutes plus tard entre deux crêpes préparées dans l'après-midi par Papilles.

– Ha ha, t'es bête, rigole Valérie.

– C'est ce que je fais de mieux il paraît !

– Hé, Valentin, ça te dirait de regarder ces fameuses vidéos de Raoulinho sur YouTube ?

– Chuper idée ! s'exclame Valentin en projetant des morceaux de crêpe dans toute la cuisine à travers sa dentition en passoire.

*

Si Valérie et Valentin n'y connaissent pas grand-chose en foot, ils ne sont pas non plus complètement ignares en la matière. Et à défaut de maîtriser sur le bout des doigts de la main le vocabulaire du sport qui se joue avec le bout des doigts du pied (fait de curieuses « roulettes », d'intrigantes « ailes de pigeon », de mystérieuses « Panenka » et autres énigmatiques « flips flaps »), ils savent faire la différence entre un geste technique parfaitement exécuté et le même geste technique affreusement raté, effroyablement maladroit, outrageusement ridicule. Bref : définitivement hilarant.

Et c'est bien entendu dans cette dernière catégorie que se classe celui que vous attendez tous ! Plus drôle que Charlie Chaplin ! Plus godichon que Gaston Lagaffe ! Plus nul tu meurs ! Voici, mesdames et messieurs, le footballeur brésilien le moins brésilien du monde ! Le grand, le seul, l'unique, l'illlllustre Raoulinhoooooooo !

– Ho ho ho houa houa houaaa ! Valentin se bidonne.

– Hi hi hi ho ho huuuu ! Valérie rit aux larmes.

– Gnourf gnarf gnourf ? le papa se réveille.

– Mais qu'est-ce qui se passe dans cette maison ? le papy descend de son grenier en courant au ralenti (c'est qu'il n'est plus tout jeune, le Papilles).

– C'est rien, je montre à Valentin les exploits de Raoulinho, explique Valérie encore hilare.

– C'est rien, c'est vite dit ! s'étrangle Valentin.

– Cet homme-là mérite une statue ! clame Papilles, attendri.

– Gnourf gnarf gnourf…

– Au fait, poursuit Papilles, vous savez pourquoi les noms des joueurs de foot brésiliens se terminent souvent en « inho » ?

– Non ? interrogent d'une même voix Valérie et Valentin, curieux d'en savoir davantage.

– C'est un diminutif. Raoulinho, ça veut donc dire « Petit Raoul ».

– Mais il mesure un mètre quatre-vingt-cinq ! rigole Valentin.

– Il n'est décidément pas comme les autres, sourit Valérie. Et il aime bien brouiller les cartes…

– Bon, je retourne à mes trains, dit Papilles en remontant l'escalier.

Valérie et Valentin, de leur côté, retournent à leurs vidéos YouTube.

Comme Valérie avant lui, Valentin est complètement tombé sous le charme de Raoulinho.

– Tant de maladresse concentrée en un seul homme, ça confine au génie !

– Et en plus t'as vu ? Il a toujours l'air de s'excuser, l'air sincère, l'air de ne jamais rien faire exprès.

– Exactement. Il a le regard innocent d'un bébé koala !

– C'est le dieu vivant de la bourde magnifique.

– Je l'adore ! s'exclame Valentin.

– Moi aussi je l'adore. Et ça me désole d'autant plus que, à part mon papy, tout le monde se moque de lui.

– Un artiste de ce calibre doit se produire sur scène, Valérie. On ne peut pas priver le monde entier d'un tel phénomène. Il faut qu'on le retrouve ! lance Valentin dans un cri du cœur.

– Il faut qu'on le retrouve ! reprend Valérie dans le même cri du cœur.

*

La maman de Valérie est rentrée de Madrid. Elle est arrivée à la maison comme de coutume : dans son tailleur cintré Air Lagoon superbleu qui lui donne des faux airs de Schtroumpfette, tirant sa petite valise à roulettes derrière elle, le sourire aux lèvres et une nouvelle idée de recette dans la tête, qu'elle dodeline joyeusement à chaque coup de talon.

« Je ne savais pas qu'on pouvait rater une paella. »

C'est la première chose que dit Valérie le lendemain matin en me sortant du garage. Elle n'en revient toujours pas.

« Un bœuf Stroganoff ou un soufflé aux sept fromages, je dis pas, continue-t-elle, mais une paella... Une paella, c'est encore meilleur quand c'est brûlé d'habitude ! Quand le riz attache au fond du plat, qu'il est aussi noir que le charbon mais plus croustillant encore qu'un bon pain de campagne. Mais avec ma mère, non. Quand c'est brûlé, c'est juste brûlé. Le riz n'est pas noir mais grisâtre, et en guise de croûte boulangère on obtient une bouillie fadasse... »

Je compatis à sa déception d'un grincement de roue.

« Mais bon, j'en ai repris trois fois. C'est que j'avais un service à lui demander, à ma brûleuse de paella préférée. »

Chapitre 5

Un bien joli contre-pied

– Salut, Valentinho ! Hé hé !

– Salut, Valérinho !

– Ça boume ?

– Euh… Ça veut dire quoi « Ça boume » ?

– C'est une expression un peu moisie de mon père. Ça veut simplement dire « Ça va ? »

– Ah bah écoute, oui, ça boume alors ! Et il en a d'autres, des expressions comme ça, ton père ?

– Plein ! Au lieu de dire « Au lit ! », il dit « Au schlof ! »

– Ah oui, je vois le genre. Moi, mon père, il m'appelle « fiston » ! « Ça va, fiston ? bien dormi, fiston ? »

– Ha ha ! Tu te rends compte ? À eux deux, ça pourrait donner « Ça boume, fiston ? C'était bien le schlof ? »

– Han ! L'angoisse !

– Carrément ! se bidonne Valérie.

– Et à part ça ? Quoi de neuf ?

– J'ai un peu mal au ventre à cause d'une obscure histoire espagnole, mais c'est pour la bonne cause…

– C'est-à-dire ?

– J'ai demandé à ma mère de se renseigner auprès de sa compagnie aérienne pour essayer de savoir exactement quand Raoulinho était censé reprendre l'avion depuis le Brésil pour la France.

– Super ! Tu penses avoir la réponse bientôt ?

– Le plus tôt possible j'espère. Ma mère est partie en Inde, elle devrait avoir l'information en revenant.

– En Inde ? Génial !

– Oui et non. On voit que tu connais pas ma mère…

*

Chapitre 5

Ils sont mignons, ma Valérie et son Valentin. Touchants même. Et puis je trouve que c'est sacrément ambitieux de leur part de vouloir remettre le grappin sur un footballeur aussi exotique et imprévisible que Raoulinho. D'autant plus à une époque où, à part dans la ville et ses environs, les Verts de Saint-Étienne ne font plus rêver grand monde.

C'est que je m'en souviens, moi, de la fameuse « épopée des Verts » ! Celle que j'ai évoquée plus tôt et qui fait encore briller les yeux de Papilles. Ça ne m'a jamais passionné, le foot, mais j'ai vu le jour en plein pendant ces années-là, et pile à Saint-Étienne. Les joueurs stars d'alors s'appelaient Gérard Janvion, Dominique Rocheteau ou Christian Lopez. Et puis après il y a eu Platini, dit « Platoche ». Je me les rappelle très bien, ceux-là, parce que j'étais à peine sorti des usines sidérurgiques de la ville que mon premier petit propriétaire m'a recouvert d'autocollants à leur effigie. Il les avait apposés sur la peinture flambant neuve de mon cadre, le cochon ! De la peinture verte évidemment… Verte, et pailletée ! Parce que c'étaient les années disco. Il fallait que ça brille !

Valérie et Valentin pourraient demander à leurs parents respectifs de leur faire découvrir le disco, ils seraient pas déçus du voyage spatio-temporel. Ça les ferait au moins autant rire que leurs « Au schlof, fiston ! » Cloclo, Boney M., Abba, Patrick Hernandez… que du beau linge ! Et je ne parle pas que de leurs costumes de scène.

Bref. Laissez-moi vous dire que sur cette époque-là, j'en connais un rayon. Foi de vélo.

*

Le week-end est là. C'est bizarre, elle le trouve étonnamment long ce week-end, Valérie. C'est la première fois que ça lui fait ça.

Et puis lundi arrive. Et malgré un contrôle de français programmé par madame Blanchard, ça va tout de suite mieux. Surtout à la vue d'une mèche blonde unique, qui accompagne un sourire qui ne l'est pas moins.

– Salut, Valentin !

– Salut, Valérie. Ça… boume ? Ha ha !

– Hi hi ! Oui, ça boume ! (Valérie se demande si ce n'est pas son cœur surtout qui fait boum.) Et toi ? T'as quelque chose de changé je trouve…

– Oui regarde, j'ai une nouvelle dent qui a poussé ! explique fièrement Valentin en tirant vers le bas sa lèvre inférieure.

Valérie regarde. Et en effet, une petite pointe blanche a fait son apparition au milieu de la gencive. C'est une belle promesse, pense Valérie avant de l'exprimer différemment à Valentin.

– Je suis sûre que ça va très bien t'aller, des dents ! (Quelle saucisse ! se dit-elle aussitôt.) Enfin… je veux dire…

– Le problème, c'est que je m'en suis encore cassé une en faisant du skate ! grimace Valentin en soulevant cette fois sa lèvre supérieure, laissant deviner une ancienne incisive coupée net à la base.

– Ah oui, tu t'es pas loupé !

– Disons que c'est un *darkslide* que j'ai loupé…

– Ah dis donc ! lâche Valérie en n'ayant absolument aucune idée de ce dont il s'agit.

– Enfin bref. T'as bien révisé le contrôle de français, toi ?

– Bof. Pas trop… J'avais la tête ailleurs…

– Au Brésil par exemple ?

– T'as tout compris, s'exclame Valérie.

– Je crois qu'on est en phase… sourit Valentin comme il peut avant de s'engouffrer dans l'école.

*

– Encore un peu de *butter chicken*, ma puce ?

– Non merci, maman. C'est gentil mais là j'ai vraiment plus faim… Il va falloir que j'en fasse, de l'exercice, pour digérer tout ça !

– Ah mais je t'ai pas dit, à propos d'exercice ! J'ai eu des nouvelles de ton footballeur là… Robertinho.

– Raoulinho, chérie ! glousse le papa de Valérie.

– Oui bon, c'est pareil, répond l'hôtesse de l'air en levant les yeux au ciel. (Ça doit être une déformation professionnelle de faire ça quand on pratique ce métier, se dit souvent Valérie.)

– Raconte ! s'emballe cette dernière en tendant finalement son assiette vide à sa mère pour l'encourager à continuer.

– Tu en reveux un peu tout compte fait ?

– Ah oui volontiers, maman, c'est un délice ton *butter chicken*, tu sais !

– Alors en fait, le nom indien, c'est *murgh makhani*. Mais c'est bizarre, *murgh*, je trouve.

– Bah moi je trouve que ça lui va comme un gant à ton plat, *murgh*, sourit Papilles en faisant un clin d'œil à sa petite-fille qui se retient de pouffer de rire.

– Et ce Raoulinho alors ? s'impatiente le père.

– Oui, maman ! Il devait repartir quand du Brésil ?

– Eh bah figurez-vous qu'il n'y est jamais allé ! Aucun billet d'avion à son nom. Il n'a pas quitté le territoire français.

– Han ! lâche Papilles

– Han ! s'exclame Valérie.

– Mazette ! s'étrangle le père avec une de ses expressions démodées favorites.

Et puis tout le monde se tait. Le silence s'installe quelques secondes. Dans un coin de la pièce, Marguerite en est toute surprise. Elle lève la tête et observe la scène avec circonspection, tournant ses oreilles dans tous les sens, tels deux radars incrédules. Jusqu'à ce que Valérie reprenne la parole :

– En fait j'ai plus faim, maman. Je crois que cette nouvelle m'a complètement coupé l'appétit.

– D'accord, mais il faut quand même que tu goûtes mon dessert, ma chérie, j'ai fait du *bebinca* ! Je vais le chercher dans la cuisine.

Autour de la table, tout le monde hoche la tête de droite à gauche en faisant cette grimace universelle qui signifie « Beurk ! »

– Mais alors ? Ça veut dire que les enquêteurs du club de foot sont super nuls ? Ils ont même pas pensé à vérifier que Raoulinho était bien parti au Brésil ? interroge une Valérie interloquée.

– Je pense qu'ils le savaient très bien, ricane son père, qu'ils avaient évidemment vérifié. Et qu'ils reviendront en France bredouilles, dans quelques jours, en faisant semblant d'être dépités…

– Mais tout bronzés après s'être fait payer une semaine de vacances au Brésil aux frais de la princesse, poursuit Papilles en riant à son tour.

– Je retire ce que j'ai dit. Ils sont plutôt malins, ces enquêteurs, en fait ! sourit Valérie. Mais pas tant que ça, vous savez, parce qu'avec Valentin, on a décidé de le retrouver nous-mêmes, le Raoulinho, et que du coup on a plusieurs jours d'avance sur eux, hé hé !

*

– Tu fais quoi dans la cuisine, chéri ? demande la maman de Valérie à son mari.

– Un truc que m'a montré Valoche. Elle est vraiment futée notre fille, tu sais.

– Ding ! fait le micro-ondes.

– Et voilà ! fait le papa ravi.

– Mais tu mets tes chaussettes au micro-ondes !? fait la maman, outrée.

– Oui, c'est Valérie qui m'a appris ça, je te dis. C'est pas bête, hein ?

– Tu peux me rappeler ton âge, Alphonse ? (Oui, le papa de Valérie s'appelle Alphonse, et quand sa femme l'appelle par son prénom, c'est qu'il y a de l'orage dans l'air.)

– Elles étaient trempées, mon bouchon ! T'as vu ce qu'il tombe dehors ? T'as vu ce déluge ? (Je vous l'avais bien dit qu'il y avait de l'orage dans l'air.)

– Tu peux me rappeler ton âge, Alphonse ? insiste le bouchon d'Alphonse.

– Bah… j'en sais plus trop rien en fait. Regarde, se justifie-t-il en relevant les manches de sa chemise, j'ai encore des plis de bébé sur les bras qu'y éclosent déjà des taches de vieillesse !

– Je te rassure tout de suite, bijou, tu resteras toujours plus proche du couffin que du cercueil. Tu ne grandiras jamais…

– C'est vrai que j'y veille particulièrement, sourit Alphonse.

– Et ça me va très bien, reconnaît Fulberte (Oui, Alphonse, c'est pas mal tout compte fait…) en déposant tendrement un baiser sur la bouche de son mari.

Chapitre 6

Une hypothèse toute capillaire

– Et enfin, la meilleure note du contrôle revient encore une fois à Valérie, avec un rutilant dix-huit sur vingt !

Même si elle en a maintenant l'habitude, Valérie est ravie de ce nouveau très bon résultat en géographie. D'autant que la rotation de la Terre représente un sujet un tantinet ardu. Mais ce qui l'enchante davantage encore, c'est la manière dont Valentin la regarde : avec beaucoup d'admiration. Elle se rappelle alors ce que Papilles lui a expliqué un jour : « Tu verras, ma chérie, admirer, c'est aimer. »

Et voilà qu'elle a la tête qui tourne. À la vitesse approximative de mille sept cents kilomètres-heure, selon un angle de vingt-trois degrés.

La sonnerie retentit. Les élèves sortent bruyamment dans la cour de récréation. La petite cycliste interpelle le beau skateur à mèche.

– Tu devineras jamais, Valentin !

– Ta mère a réussi un plat !?

– Ha ha ! Non, quand même pas.

– Ton papy a rétréci à l'échelle de ses petits trains ?

– Arrête, Valentin, c'est sérieux.

– Je t'écoute.

– Raoulinho n'est pas rentré au Brésil !

– C'est pas vrai ?

– Si !

– Mais alors, s'il n'est pas au Brésil, c'est qu'il…

– … se cache quelque part à Saint-Étienne, bingo !

– Dingo !

« Mais où ? », « Où ça ? », « Où donc ? » s'interrogent quelques minutes plus tard à mi-voix Valentin et Valérie en cours de maths. « Où diable ? », « Où diantre ? », « Fichtre où ? » aurait pu ajouter le papa de cette dernière.

– Réfléchis ! (c'est exactement ce que je répétais régulièrement au rétroviseur qui ornait jadis mon guidon) lance Valérie à Valentin.

– Je ne fais que ça !

– C'est pas sorcier de retrouver un footballeur. Où passent-ils le plus clair de leur temps ?

– Sur un terrain de foot ?

– Oui mais non…

– En boîte de nuit ?

– Oui mais non…

– Devant leur console de jeux ?

– Oui mais non…

– Je donne ma langue au chat.

– Mais chez le coiffeur enfin !

– Mais oui, évidemment ! Surtout Raoulinho ! Bien vu, Valérie. Et vas-y que je me fais décolorer les cheveux, et vas-y que je me les fais teindre en rouge vermillon, et vas-y que je me fais tailler le numéro de mon maillot dans ma tignasse, et vas-y que je me fais faire une coupe de cheveux en forme de Taj Mahal. Rhââ, je t'admire, Valérie, tu sais, je t'admire !

– Blgbfhnesofkkc… bafouille Valérie en essayant de se montrer la moins troublée possible.

– On n'a qu'à faire la tournée des coiffeurs de la ville pour les interroger !

– Moi aussi tu sais, je t'admire, Valentin…

*

Valérie et Valentin sont remontés comme des coucous. Alors c'est parti, mon kiki ! Ils enfourchent respectivement moi-même et mon cousin très éloigné le skateboard et foncent chez le premier des deux cent vingt-sept coiffeurs que compte Saint-Étienne. Deux cent vingt-sept, c'est pas rien. Mais il en faudrait plus pour décourager des enquêteurs de la trempe de Valérie et Valentin.

Quant à moi, je suis constellé d'une myriade de crottes de Marguerite. Une fois de plus, Valérie l'a embarquée dans mon panier. Je me console en me disant qu'avec les grains de beauté de ma propriétaire, ça nous fait un petit air de famille. Enfin bon, je m'en serais bien passé quand même.

Premier coiffeur. Valentin sort une photo du footballeur brésilien que Valérie a découpée dans le journal de Papilles.

– Bonjour, monsieur, vous souvenez-vous avoir coiffé ce jeune homme récemment ?

– Raoulinho !? Ah non, penses-tu, petit, je m'en souviendrais si je lui avais coupé les cheveux, à ce loustic. Il est recherché par la moitié de la ville en plus !

– Et puis de toute façon il n'est pas à Saint-Étienne, mais au Brésil, entend-on depuis le bac à shampoing par la bouche d'un client qui, la tête en arrière, regarde les néons du plafond en plissant les yeux.

– Très bien. Merci, messieurs. Au revoir et bonne journée.

Une fois dehors, Valérie et Valentin se rendent à l'évidence.

– En tant que footballeur, Raoulinho ne peut pas avoir mis les pieds chez un coiffeur pour hommes, réfléchit Valérie. *Tous* les hommes de Saint-Étienne le reconnaîtraient, sans exception.

– Il est donc allé chez un coiffeur pour femmes, en déduit Valentin.

– Voilà qui réduit considérablement notre liste, se réjouit Valérie.

– Je pense même que beaucoup de jeunes femmes le reconnaîtraient aussi.

– Dans ce cas, il ne reste qu'à interroger…

– … les coiffeurs pour mémés ! sourit Valentin de ses quelques dents.

– Exactement ! pouffe Valérie.

– Alors zou !

D'un coup, la liste des salons de coiffure susceptibles d'avoir vu entrer Raoulinho rapetisse considérablement. D'après les déductions de nos deux inspecteurs en herbe, il en reste cinquante-trois.

Et c'est reparti.

– Bonjour, madame, vous souvenez-vous avoir coiffé ce jeune homme récemment ?

– Désolé, mon bonhomme, je n'ai jamais vu ce monsieur de ma vie, répond catégoriquement la patronne du premier salon de la nouvelle liste.

– Merci, madame. Au revoir et euh… joyeux bigoudis… lance Valentin en quittant la boutique.

Les visites s'enchaînent, la même question enthousiaste entraînant systématiquement la même réponse négative. Jusqu'au quarante et unième salon de coiffure où, enfin…

*

– Bien sûr que je m'en souviens ! Un drôle de zigue celui-ci. Mathilde, viens voir par ici !

La dénommée Mathilde termine d'envelopper le crâne de sa cliente dans un cocon de papier aluminium et se précipite vers sa patronne.

– Oui, madame Lebugle ?

– C'est bien toi qui as coiffé cet olibrius ? lui demande-t-elle en lui plantant la photo du footballeur sous le nez.

– Absolument, madame Lebugle. Je m'en souviens comme si c'était hier.

– Normal, Mathilde, *c'était* hier.

– Si vous le dites.

– Et quel genre de coupe de cheveux il vous a demandé ? interroge Valérie avec excitation. Un truc doré ? Le portrait de son chanteur préféré sculpté dans la masse ? Une construction capillaire qui rappelle le porc-épic ?

– Pas du tout, fait Mathilde. Une perruque de mamie.

– Une perruque de mamie ? s'étranglent de concert Valérie et Valentin.

– Tout à fait. Toute simple. Toute bouclée. Et légèrement mauve.

*

Une fois sortie de chez « Saint-Étifs », Valérie saute de joie dans les bras de Valentin qui, dans l'euphorie de l'instant, lui écrase un gros bisou sur la joue. Ça fait « Mwaaaaaaaaaaah ! »

Et aussitôt après, ça fait : « Euh… Désolé, je sais pas ce qui m'a pris. »

Chapitre 6

Une gêne mutuelle s'installe. Valentin libère de son étreinte une Valérie rougissante qui peine néanmoins à dissimuler un joli sourire en coin.

– Je crois qu'on est sur la bonne voie, Valentin ! s'extasie Valérie.

– Tu parles de nou… euh… de notre enquête ?

– Bien sûr, de quoi d'autre ?

– Hé hé oui. De quoi d'autre ?

– Récapitulons, si tu veux bien : nous sommes désormais à la recherche d'une mémé aux cheveux mauves d'un mètre quatre-vingt-cinq, qui a les jambes arquées, l'équivalent de deux dentiers dans la bouche et un accent brésilien à couper à la machette.

– Ha ha voilà ! rigole Valentin.

– Ça devrait se trouver !

– Assurément !

– À demain, Valentin, lance Valérie.

– À demain, Valérie ! lui fait écho Valentin.

Valérie exulte. Valentin exulte. Et même Marguerite exulte, à en croire le chapelet de crottounettes qu'elle libère sur votre serviteur.

Chapitre 7

Paire d'as

En arrivant chez elle, des mamies plein la tête et des papillons dans le ventre, Valérie cherche son canif dans toutes les pièces. Mais tout ce qu'elle trouve, c'est une maison étonnamment vide.

Elle monte au grenier à pas de loup et y aperçoit Papilles, penché sur ses petits trains qu'il observe avec la plus grande attention. Et juste derrière lui, à son insu, Alphonse, penché sur les oreilles de son beau-père avec la même fascination.

– Ha! Vous m'avez fichu la trouille, Alphonse! Qu'est-ce qui vous prend de m'espionner comme ça?

– Je vous espionne pas, Papilles, je scrute vos esgourdes.

– Mais enfin vous débloquez complètement, cher gendre. Qu'est-ce qu'elles ont, mes oreilles ?

– Des poils.

– Des poils ?

– Oui, là, sur les lobes, pointe Alphonse de son index.

– Mais c'est normal ça, mon pauvre ami.

– J'en sais rien, Papilles, j'en sais rien. Chez moi, c'est nouveau, et je ne suis pas certain que ce soit « normal », comme vous dites.

– Vous m'inquiétez, Alphonse.

– Mais sapristi rendez-vous compte, Papilles ! À douze ans on rêve d'être recouvert de poils, et ils n'arrivent pas, ou si peu. Et à quarante, alors que c'est devenu le cadet de vos soucis, les voilà qui désertent votre crâne pour apparaître sur vos oreilles, garnir vos épaules, et même sortir de vos trous de nez. C'est grotesque !

– C'est peut-être grotesque, cher gendre, mais en tout cas vous venez de me donner une idée, dit Papilles en arrachant un poil de son oreille.

– Ah… laquelle ?

– Ces poils, dit-il en observant sa prise avec malice, feraient de splendides roseaux dans la petite mare que je suis en train de créer sous le pont de pierre que vous voyez là.

Et après, pense Valérie en hochant la tête, les adultes osent dire aux enfants qu'ils manquent de maturité…

– Excusez-moi de vous importuner au beau milieu de votre passionnante conversation sur les poils, les interrompt Valérie, mais je cherche désespérément mon canif…

– Il est là ! s'exclame Papilles. Excuse-moi, ma puce, je te l'ai emprunté pour tailler des petits troncs d'arbre. Tiens, le voici.

– Merci, Papilles, sourit Valérie jusqu'aux oreilles – qu'elle a sans poils ! – avant d'embrasser bruyamment son grand-père.

*

J'en ai eu des bobos en quarante ans. Des chutes, des chocs, des torsions, des articulations grippées, des taches de rouille qui se développent, du bricolage pas très doux… Mais quand on est vélo d'enfant, ça fait partie du job.

Au début, c'est forcément douloureux, et puis on apprend à s'y faire, on s'endurcit, et après quelques années on finit même par en tirer cette fierté propre aux vieux pirates qui ont bravé mille tempêtes.

Et puis, il y a les bobos que l'on chérit carrément. Ils seraient largement évitables, ceux-là, et pourtant ils emplissent de joie notre petit cœur (vous ne pouvez pas le voir, il est à l'intérieur de notre cadre, mais je vous garantis qu'il existe). Ces bobos-là, ce sont les inscriptions que les loustics gravent sur notre squelette avec un vieux tournevis ou un petit canif. Le plus souvent, c'est leur prénom. Une manière de nous approprier, de pouvoir affirmer à la face du monde « c'est MON vélo ! » en bombant fièrement son petit torse. Et nous aussi ça nous rend fiers. Immensément.

En ce moment même, c'est une inscription d'un autre genre dont Valérie me gratifie. On pourrait penser qu'il s'agit de la silhouette de deux oiseaux qui volent devant un nuage, mais je pencherais plutôt pour deux « V » unis dans un cœur…

Pour un peu, j'en aurais les larmes aux pneus.

*

« Oui bon, c'est bien mignon tout ça, se dit Valérie en repliant délicatement la lame de son canif, mais ça ne va pas faire avancer l'enquête ! »

Le lendemain, au chant du coq, la voilà donc qui me saute dessus, dégringole la colline de Beaubrun comme une furie, et fait fumer mes freins en arrivant devant le collège.

– Valentin ! Valentin !

– Bonjour, Valérie, sourit Valentin. Ça badaboume ?

– Non ça badaboume pas, ça boume ! rigole Valérie, mais c'était presque ça.

– Oui, j'étais pas très loin, se réjouit à moitié Valentin.

– Valentin, j'ai une question à te poser.

– Je t'écoute !

– T'aimes bien l'histoire-géo, toi ?

– Bof…

– T'as déjà fait l'école buissonnière ?

– Nan, mais je pense que j'adorerais.

– Tu vois où je veux en venir ?

– T'en es déjà à trois questions mais oui, je crois, sourit Valentin.

– Alors après la cantine, on oublie l'histoire-géo, et mission Raoulinho !

– Mission Raoulinho ! s'extasie le blondinet.

*

Sitôt le sauté de bœuf filandreux avalé et les nouilles trop cuites englouties, voilà donc Valérie et Valentin partis à la recherche de Raoulinho dans les rues de Saint-Étienne.

– Bon. Creusons-nous le ciboulot, comme dirait mon père, lance Valérie. Où peut bien se cacher un footballeur déguisé en grand-mère ?

– …

– Houhouuu, Valentin, tu m'écoutes ? Regarde-moi !

– Oui, bien sûr que je t'écoute, Valérie, mais j'ai du mal à réfléchir quand je te regarde, tu sais… confie le garçon en rougissant.

– Quelle activité de mémé pourrait plaire à un joueur de foot ? continue Valérie en faisant mine de ne pas avoir entendu le compliment de Valentin, alors qu'elle est elle-même plus écarlate qu'une écrevisse.

– Euh… le Scrabble ? hasarde Valentin.

– Ha ha, rigole Valérie, non, je ne suis pas certaine qu'ils feraient des étincelles à ce jeu-là, les footballeurs ! Et encore moins Raoulinho, qui parle le français comme nous le kalmouk.

– Ah, je sais ! J'ai trouvé !

– Je t'écoute.

– Les cartes !

– Les cartes !? s'étonne Valérie.

– Parfaitement, explique Valentin. Les mamies adorent jouer aux cartes, et les footeux aussi : ils passent leur temps à y jouer dans le car ou l'avion qui les amène au stade.

– T'es un génie ! Bravo, inspecteur Valentin !

Et mwaaaaaaaaaaah ! Cette fois-ci, c'est Valérie qui dépose sur la joue de Valentin un baiser aussi spontané que généreux, un baiser en forme de cri du cœur.

– Et concrètement, on procède comment ? interroge Valentin.

– Comme pour les salons de coiffure !

– Au petit bonheur la chance alors. Au pif.

– Exactement. Notre méthode, c'est « pas de méthode » ! glousse Valérie.

– Ça nous a plutôt réussi la dernière fois.

– Comme dit ma mère avant chaque nouvelle recette à laquelle elle s'essaie : « Au pire, ça marche ! »

– Sauf que ça marche jamais, rigole Valentin.

– Disons que ses plats ont parfois le mérite d'être joliment ratés, confirme Valérie en souriant.

Moi, ce que j'aimerais, c'est qu'un beau jour Fulberte ait la bonne idée de rapporter d'une contrée lointaine une recette de lapin. Avec des épices, des légumes, des fruits secs ou n'importe quoi d'autre, pourvu que ça me débarrasse définitivement de Marguerite et ses boulettes de vous savez quoi.

*

Chapitre 7

Valérie et Valentin roulent jusqu'à la mairie où une sympathique et rondelette employée leur imprime une liste : Saint-Étienne compte une grosse vingtaine de clubs où l'on joue aux cartes.

Ils raturent d'emblée les clubs de bridge. Toute mémé qu'il soit devenu, Raoulinho reste un footballeur, et un footballeur, ça joue plutôt à la belote ou au tarot.

Et c'est parti. En route pour le premier club de la liste !

Une simple plaque à côté de la porte signale « Au Valet de Pique ». Valérie et Valentin toquent à la porte avant d'entrer timidement. Une dizaine de têtes se tournent vers eux avec une lenteur que les tortues des Galápagos ne renieraient pas.

– Bonjour, monsieur, lance Valentin à un retraité qui a manifestement décidé de compenser sa calvitie par une jolie moustache.

– Bonjour, les enfants, répond-il d'une voix presque aussi grosse que son bidon. Qu'est-ce que je peux faire pour vous ?

– On recherche notre mamie ! ment Valérie avec un bel aplomb. Elle est gentille comme tout, mais elle perd un peu la boule. Du coup elle prend facilement la tangente.

– Hé hé, rigole le moustachu ventru, c'est vrai que le troisième âge renoue parfois avec l'art de la fugue.

– Elle est grande, arquée en bas et mauve en haut, précise confusément Valentin.

– Mais apparemment elle n'est pas ici, déplore Valérie en balayant la salle du regard.

– Désolé, les loulous ! regrette le vieux monsieur.

– On ne vous dérange pas plus longtemps, conclut Valentin en se dirigeant vers la sortie.

Valérie lui emboîte le pas et referme délicatement la porte derrière elle.

Chou blanc.

*

Deuxième club : chou blanc.

Troisième club : chou blanc.

Quatrième club : chou blanc.

« Avec quelques carottes, on pourrait cuisiner un chouette *coleslaw* », rigole Valentin.

Cinquième club : chou blanc.

Sixième club : chou blanc.

Septième club. Ah ! Septième club !

– Tu vois ce que je vois !? s'enthousiasme Valérie à mi-voix en donnant un solide coup de coude à Valentin en plein dans les côtes.

– …

– Tu dis rien ?

– Si : ouille ! sourit Valentin.

– Ah excuse-moi, c'est à cause d'elle, là, murmure Valérie en désignant d'un geste du menton une grand-mère bien trop grande pour ne pas être louche.

– Oui, je l'ai remarquée aussi, murmure Valentin.

– Rapprochons-nous.

– Bonne idée, répond Valentin qui en profite pour se rapprocher de Valérie par la même occasion.

Valérie et Valentin avancent timidement. La table de jeu compte quatre personnes du troisième âge, dont deux sont des grands-mères, et une en particulier les intéresse.

Bien qu'assis, l'individu suspect dépasse tout le monde d'une bonne tête, et ses cheveux bouclés légèrement mauves correspondent en tout point à la perruque vendue par le salon de coiffure à Raoulinho. Les quatre joueurs de cartes remarquent Valérie et Valentin et, sans se déconcentrer de leur partie, leur sourient d'un air attendri. La dentition de la vieille dame tient toutes ses promesses : des chicots à ne plus savoir qu'en faire !

Valérie et Valentin écarquillent les yeux comme des soucoupes et opèrent un repli stratégique à l'écart de la table de jeu.

– Tu crois que c'est lui !? se demandent-ils en même temps.

– J'ai une idée pour en avoir le cœur net ! lance Valérie en se dirigeant derrière le comptoir qui fait office de bar.

Valentin rattrape Valérie en trottinant discrètement derrière elle, puis la regarde avec étonnement s'approcher d'un transistor fatigué qui diffuse en sourdine ces vieilles chansons que Papilles connaît par cœur. Elles parlent joyeusement d'un bal perdu, de la mer qu'on voit danser, ou d'une promenade à bicyclette (ma préférée).

Valérie change la fréquence de la radio comme si de rien n'était. D'ailleurs, personne n'y prête attention. Elle arrête son choix sur une station aux accents sud-américains. La musique est particulièrement gaie et les paroles, au diapason, font « Chica chica boom chic ».

Valérie observe alors attentivement la grand-mère suspecte. Valentin aussi. Ils guettent une réaction. Et cette dernière ne tarde pas ! Imperceptiblement d'abord, puis de manière de plus en plus visible, la mémé violette se déhanche sur sa chaise ! Il lui est impossible de résister au rythme des percussions brésiliennes qui coulent dans ses veines. Elle s'est trahie. C'est bien Raoulinho !

Valérie et Valentin échangent un sourire. Et se dandinent à leur tour.

– La samba gagne toujours à la fin, glisse Valentin à l'oreille de Valérie.

– C'est l'écrasante victoire de la musique sur l'immobilisme, confirme Valérie en embrassant le bout de son index qu'elle pose ensuite sur les lèvres de Valentin qui ne manque pas de se transformer en pivoine géante.

Chapitre 8

Marquage à la culotte

– Qu’est-ce qu’on fait maintenant ? demande Valérie. Valentin se dit qu’il est sans doute un peu tôt pour la demander en mariage. Et puis, à la réflexion, sa question concernait vraisemblablement le cas Raoulinho.

– Ça me paraît inutile de le démasquer maintenant, analyse Valentin. Ça mettrait tout le monde mal à l’aise, et lui le premier. Après tout, c’est pas un criminel. Il fait simplement l’école buissonnière, comme nous.

– On fait ça, nous ? fait semblant de s’offusquer Valérie en rigolant.

Les deux Sherlock Holmes en herbe décident donc de ressortir du club et d'attendre tranquillement mamie Raoulinho à l'extérieur, une fois les jeux de cartes remballés.

Avant ça, Valérie rajuste le transistor sur sa fréquence initiale. Une chanson d'un autre temps se fait entendre. Il est cette fois question d'un petit vin blanc bu sous des tonnelles.

Il doit être un petit peu assommant, ce petit vin blanc, parce que Raoulinho se calme aussitôt.

Les heures passent et les parties de cartes s'enchaînent, ce qui n'est pas pour déplaire à Valérie et Valentin qui discutent de tout plus que de rien, du beau temps plus que de la pluie, refont le monde plus qu'ils ne le défont, tout simplement heureux d'être là, ensemble. Valentin écoute religieusement Valérie, qui boit les paroles de Valentin. Le fil invisible de l'évidence se tisse entre eux, et si je n'étais pas un vélo, j'aurais l'impression de déranger. Valentin laisse libre cours à ses pensées. Il le garde pour lui, mais il trouve que la peau constellée de grains de beauté de Valérie ressemble à la plus belle des nuits étoilées. De son côté, Valérie admire le chantier permanent que constitue la dentition de Valentin. Elle se dit que c'est un parfait résumé de la vie, avec ses manques et ses envies, ses promesses et ses surprises. « Elle est belle comme mille astres », pense Valentin en la regardant. « Je l'aime encore plus que le chocolat », lui rétorquent les yeux de Valérie.

*

L'après-midi se termine et, enfin, les premiers joueurs de cartes quittent le club. Valérie et Valentin les observent un par un, attendant patiemment Raoulinho, qui sort sur le trottoir en claudiquant comme une vraie grand-mère. Il fait ça à merveille.

– Il faut reconnaître que les joueurs de foot sont de sacrés bons comédiens, siffle Valentin avec admiration. Je savais qu'ils aimaient faire semblant d'avoir mal pour influencer l'arbitre après le tacle d'un adversaire, mais là... chapeau, l'artiste !

– Et moi, je savais que les Brésiliens aimaient se déguiser, mais là... perruque, l'artiste ! ajoute en rigolant une Valérie tout de même passablement impressionnée.

Valentin prend son skateboard sous le bras, Valérie me pousse à ses côtés, et nous voilà tous les quatre sur les talons de l'octogénaire factice, à bonne distance cependant, histoire de ne pas nous faire repérer. Elle salue poliment ses camarades de jeu avant de bifurquer à son rythme dans une ruelle étroite. Après quelques dizaines de mètres, elle sort une clé de son sac à main qui doit avoir deux fois mon âge, s'arrête devant un vieux hangar, ouvre le cadenas qui en bloque l'accès et s'engouffre dans le bâtiment délabré. Valérie et Valentin se regardent, les sourcils en accent circonflexe (et moi je regarde le skateboard, qui ne me regarde pas en retour, ah bah oui, suis-je bête, lui n'est qu'un simple objet inanimé).

Que faire ?

Lui emboîter le pas ou pas ?

Mais trop tard, Raoulinho a déjà refermé la porte derrière lui, *vlan !* et tiré le loquet, *klank !*

– Zut ! lâche Valérie, on n'a pas été hyper réactifs sur ce coup-là…

– C'est pas bien grave, la rassure Valentin, maintenant qu'on sait où il se cache, on aura tout le loisir de venir le débusquer demain.

– Oui, tu as raison. Et puis en plus on n'a même pas réfléchi à ce qu'on allait pouvoir lui dire, réalise Valérie.

– Et puis il faut rentrer chez nous de toute façon. La nuit tombe.

– Et puis ça tombe bien, elle porte conseil.

– La vie est bien faite dans le fond, sourit Valentin toutes dents dehors et tous trous dedans.

– Oui, la vie est bien faite, rosit Valérie en regardant Valentin.

Puis, chacun sur son engin, chacun de son côté, ils filent dans la nuit.

*

En arrivant chez elle, Valérie est encore toute guillerette. Elle tombe sur son père qui maugrée en observant son reflet dans le miroir de l'entrée.

– Avoir des rides, c'est une chose. Avoir des cernes, passe encore. Mais maintenant, j'ai carrément des rides sur mes cernes ! peste-t-il.

Valérie l'embrasse en souriant, attendrie. Elle se dirige ensuite vers le salon où elle bondit sur les genoux de son grand-père comme englouti dans son fauteuil, en prenant bien soin d'écraser au passage le journal qu'il est en train de lire.

– Alors, Papilles, ils en sont où, ces enquêteurs à la noix ? Ils l'ont toujours pas retrouvé, leur Raoulinho ? lui demande-t-elle avec un petit air autosatisfait.

– J'ai pas l'impression que ça avance beaucoup. Et toi de ton côté, ça progresse ?

– À grandes enjambées, Papilles, à grandes enjambées ! Je vous raconterai ça pendant le dîner, je vais faire une bise à maman. Elle est bien rentrée ?

– Oui, elle est dans la cuisine. Avec une recette improbable et des ingrédients inconnus sous nos latitudes. Avec ton père, on craint le pire…

– Ah ah ! Je vais voir ça de plus près !

Chapitre 8

Valérie se précipite dans les bras de sa mère en pleine réflexion devant sa balance de cuisine, une calculatrice à la main.

– Ça va, mon petit trésor ?

– Et toi, maman ? C'était bien le Guatemala ?

– Splendide ! Je suis en train de préparer un *tapado*, figure-toi. C'est un plat à base de…

– Ne m'en dis pas plus, maman, ça gâcherait le plaisir ! la coupe Valérie. Tu nous expliqueras ça à table. Moi aussi j'ai plein de trucs à vous raconter. On ne perd pas notre temps avec Valentin, tu sais.

– J'ai hâte d'entendre ça, sourit Fulberte en regardant sa fille rejoindre le salon. Et comme j'aimerais être une petite souris, poursuit-elle à elle-même, à voix basse. Savoir ce que Valérie et Valentin peuvent bien se dire à longueur de journée. Ce qu'ils peuvent bien bricoler…

Certes. Mais pour connaître les petits secrets de ses enfants, il y a mieux que les petites souris.

Il y a les petits vélos.

Hé hé.

Chapitre 9

Feinte de passe-passe

– Voilà. C'est un bouillon de fruits de mer et de bananes vertes au lait de coco ! se félicite la mère de Valérie en posant au centre de la table une bouillie dans laquelle flottent des têtes de poissons.

– Hmmm ! Ça a l'air… unique ! commentent de concert Papilles, Alphonse et Valérie.

– Oui, je suis pas mécontente de moi. Vous m'en direz des nouvelles.

– Valérie ! enchaîne Papilles pour éviter de vexer inutilement sa fille, parle-nous un peu de ton enquête. Tu m'as dit qu'il y avait du nouveau de ton côté ?

– Absolument. Vous êtes bien assis ? Alors voilà, Valentin et moi, ON A RETROUVÉ RAOULINHO !

– Ça alors !? dit Fulberte.

– Ça par exemple ! s'étrangle Papilles.

– Saperlipopette ! lâche Alphonse.

– Il se cache dans un entrepôt désaffecté, en plein cœur de l'ancien quartier de confection. Et pour passer incognito, il se déguise en vieille mémé !

– Tu es sérieuse, Valérie ?

– On ne peut plus, Papilles !

– Et qu'est-ce qu'il vous a raconté ? Il a l'intention de rejoindre l'équipe de Saint-Étienne ? s'inquiète Alphonse.

– Aucune idée, on ne lui a pas encore parlé. Mais avec Valentin, on est bien décidés à le faire demain.

– Ho, ma fille ! je suis tellement fière de toi ! dit Fulberte en se levant pour la prendre dans ses bras.

– Merci, maman. Il est délicieux ton *tapadoda*, tu sais, ment Valérie en toute sincérité.

– C'est vrai que c'est bon ! confirme Papilles dans son numéro d'acteur préféré.

– Tu devrais y aller plus souvent, au Guatemala, ma chérie ! conclut Alphonse dans un sourire forcé.

*

Quand Valérie et Valentin se retrouvent à l'école le lendemain matin, ils partagent le sourire complice de ceux qui savent. Ceux qui ont percé le secret le mieux gardé de Saint-Étienne. Ceux qui ont résolu la plus grande énigme du sport moderne. Ceux qui ont remis la main sur le joueur de pied-ballon le plus calamiteux de l'univers.

Ils passent la matinée à écouter d'une oreille distraite madame Blanchard s'ébahir devant des subordonnées relatives, et se regardent sans rien dire. Ils pensent à Raoulinho, évidemment. Et puis à eux deux aussi, fatalement. « J'ai envie de l'embrasser jusqu'aux gerçures », se dit la fillette en observant Valentin. « Je prévoirai un stick à lèvres », lui répondent avec pragmatisme les yeux du garçonnet derrière le rideau à franges que forme sa blonde mèche.

Enfin la matinée touche à sa fin. La sonnerie retentit, sortant brutalement les tourtereaux en herbe de leurs douces rêveries.

– À l'attaaaaque ! lâche Valérie à Valentin en lui empoignant le bras.

– À l'attaaaaque du défenseuuuur ! précise ce dernier.

Et les voilà à nouveau sur leurs roues et roulettes respectives en direction du hangar où se tapit le Brésilien fantôme.

Une fois sur place, ils découvrent sans grande surprise que la porte est fermée.

– Il n'y a pas de cadenas à l'extérieur et la porte est verrouillée de l'intérieur, analyse Valérie à voix basse. C'est donc que Raoulinho est dedans.

– Chouette ! chuchote Valentin. Mais… on fait quoi, du coup ?

– J'ai eu une idée hier soir. Laisse-moi faire.

– OK ! rétorque Valentin avec autant d'impatience que d'admiration.

Valérie frappe à la porte avec insistance.

Chapitre 9

Toc toc toc toc toc toc toc toc toc toc toc toc toc toc toc toc toc toc toc toc toc toc toc toc toc toc toc toc toc toc toc toc toc toc toc toc toc toc toc toc toc toc toc toc toc toc toc toc toc toc toc !

Debout à ses côtés, Valentin, un peu ailleurs, s'attend presque à trois *toc !* supplémentaires, légèrement espacés, comme au théâtre. Mais non, Valérie s'arrête là, à cinquante.

Les deux enquêteurs tendent l'oreille, guettant le moindre signe de vie de l'autre côté de la porte.

Rien…

Alors Valérie retoque-toque.

(Vous pouvez compter, il y en a autant que la première fois.)

Et là, un bruit se fait entendre. Un bruit de mémé qui traîne des charentaises. Un bruit qui se fait de plus en plus proche.

– Ouiiii ? C'est pour quoão ? demande une petite voix à l'accent chantant.

Valérie et Valentin se retiennent de pouffer en reconnaissant parfaitement une voix d'homme brésilien qui tenterait maladroitement de se faire passer pour une vieille grand-mère française.

– Houla, c'est un comédien plutôt fait pour le cinéma muet ! murmure Valentin à Valérie en gloussant.

À son tour, Valérie modifie sa voix, en essayant de lui donner un timbre plus adulte, et prend soin de parler fort en articulant soigneusement, comme si elle s'adressait à une véritable mémé :

– Bonjour, madame, c'est Latina Kitchen, vous connaissez ? On fait de la vente ambulante de plats cuisinés sud-américains prêts à consommer. Ça vous intéresse ?

– De la couizine de l'Amérique dou Sãoud, vous dites ?

– Oui, absolument. Aujourd'hui on propose une bonne *feijoada* maison. C'est le plat national brésilien. Ça vous tente ?

Cric-crac ! Le verrou s'ouvre en même temps que la porte ! faisant apparaître Raoulinho dans toute sa méméique splendeur.

– Et il vaut combien d'eurãos, ce plat chão ?

Alors que Valentin se mord les joues pour ne pas exploser de rire, Valérie le saisit par le bras et s'engouffre avec lui à l'intérieur du hangar, bousculant au passage mémé Raoulinho qui reste comme deux ronds de flan.

« MAS O QUE VOCÊ ESTÁ FAZENDO ?* » crie spontanément ce dernier à l'intention des deux intrus. En portugais donc, et avec sa voix naturelle de surcroît.

– Vous vous êtes trahi, monsieur Raoulinho ! s'exclame triomphalement Valérie en pointant du doigt le footballeur tétanisé. Mais rassurez-vous, nous ne vous voulons aucun mal. Nous sommes juste deux enfants en quête d'enquêtes.

– Nous venons en amis, confirme Valentin en levant doucement la main comme s'il portait une

* « MAIS QU'EST-CE QUE VOUS FAITES ? »

lourde combinaison d'astronaute et s'adressait à un extraterrestre en débarquant sur une planète archilointaine.

– Pourtant au carnaval c'est toujours moão qui gagnais le concãours de déguisements ! lâche le footballeur, visiblement déçu de sa performance. Bon allez, ne restez pas lão, entrez, les enfãonts, entrez !

Chapitre 10

La rencãontre

Une fois Valérie et Valentin à l'intérieur du hangar, et leurs yeux habitués à l'obscurité, c'est une véritable caverne d'Ali Baba qu'ils découvrent. L'endroit regorge de tissus et rubans en tout genre. Des montagnes de textiles multicolores se dessinent dans la pénombre. C'est beau comme la chaîne de l'Himalaya au petit matin.

– Wouaaaaaaaah ! C'est quoi ce déliiiire ? s'exclame Valentin plus prosaïquement.

– Les vestiges d'un passé qu'on n'a pas connu, l'éclaire Valérie. Tu n'es pas originaire d'ici, mais sache que Saint-Étienne a longtemps été appelée « la ville de l'arme, du cycle et du ruban ». Des industries qui ont progressivement disparu avec la miondalisiation, un truc comme ça.

– Ma mère est prof de couture, alors tout ça ne m'est pas complètement étranger. Mais je n'en avais jamais vu une telle quantité !

– C'est vrai que c'est magnificão ! s'extasie Raoulinho en caressant du revers de la main un rideau fait de rubans de velours. Mais bãon, si vous êtes ici, c'est sans doute pas pour me parler chiffãons, pas vrai ? Alors qu'est-ce que vous lui voulez exactement à Raoulinhão ? demande Raoulinho en levant d'un même élan les mains et les épaules.

*

Par où commencer ? s'interrogent simultanément Valérie et Valentin d'un regard.

Par le rassurer ! pense Valentin. Voilà des semaines que Raoulinho a déserté son club de foot, qu'il se cache, se déguise. Il se sent probablement traqué. Alors même si nous ne sommes que deux enfants inoffensifs, il est forcément inquiet d'avoir été démasqué. Montrons-lui à quel point nous l'admirons. Caressons-le dans le sens du poil, enfin du « poãl », comme il dirait. Bref, flattons-le.

– On n'y connaît pas grand-chose en foot, mais on ADOOOORE vos boulettes, vous savez ! s'extasie Valérie en faisant de grands gestes. C'est un talent unique, vous les réussissez comme personne ! Avec Valentin, on peut passer des heures entières à les regarder en boucle sur YouTube ! Et qu'est-ce qu'on rigole !

Ah. Valentin avait envisagé des compliments un peu plus… enfin un peu moins… enfin disons… différents quoi. Mais ceux de Valérie ont le mérite de faire sourire Raoulinho. Il a l'air d'avoir bon caractère, et de savoir rire de lui-même (d'être doté d'« auto-dé-ri-sion », préciserait madame Blanchard). Ce n'est définitivement pas un footballeur comme les autres, se dit Valentin.

– En fait, précise Valentin, vous êtes un peu une idole pour nous. Vous êtes fantasque, flamboyant…

– Oui, et puis vous apportez une telle joie de vivre dans notre ville ! Rien que votre sourire, toutes ces dents débordantes, désordonnées. Votre bouche, c'est un carnaval à elle toute seule ! s'enthousiasme Valérie, qui montre décidément un sens du compliment très particulier.

– Avec vous sur le terrain, il se passe toujours quelque chose ! lance Valentin en essayant de rectifier le tir. C'est « football champagne », comme on dit !

– On pourrait même dire « futebol cachação » ! sourit Raoulinho – de manière en effet très spectaculaire ! –, visiblement conquis par la fraîcheur de Valérie et Valentin.

– Cachaquoi ? interroge timidement ce dernier.

– Ca-cha-ção, articule Raoulinho. C'est l'alcool national dou Brasil. On fait plein plein plein de cocktails avec ! La caïpirinha par exemple.

– Ah oui ça me dit quelque chose ! s'exclame Valérie. Ma mère en avait servi avec sa *feijoada* en rentrant du Brésil. J'ai pas un souvenir inoubliable du plat, mais en revanche je me souviens parfaitement de mes parents en train d'essayer de faire descendre mon papy de la table de la salle à manger. La caïpiri-machin-chose lui avait fait retrouver ses jambes de vingt ans !

Raoulinho rigole franchement. Il semble bien que la sympathie qu'éprouvent Valérie et Valentin à son égard soit très réciproque.

– Vous savez, monsieur Raoulinho, si on a voulu vous retrouver, c'est parce qu'on vous aime beaucoup, que vous nous apportez beaucoup de joie, et qu'on voudrait donc que vous rejoigniez l'équipe, explique Valérie en joignant ses mains.

– Ça me tãouche beaucoup, les enfants… mais malheureusement tout le mãonde ne m'aime pas autant que vãous ! grimace Raoulinho. Les supporters, ils sont super durs avec moão. À cause de mes boulettes justemãont…

– Oubliez un peu les supporters, monsieur Raoulinho, le supplie Valentin. La plupart ne pensent qu'au résultat, au score, aux statistiques. Ils ne savent pas voir la beauté là où elle se trouve. Ils manquent cruellement de poésie !

– Et puis grâce à vous, le club de Saint-Étienne est à nouveau connu dans le monde entier, se réjouit Valérie. Sans oublier que vos boulettes rapportent beaucoup d'argent au club, grâce aux vues sur YouTube !

– Je sais tout ção, mais c'est vraiment pas facile d'être une tête de Turc, vous savez… Une tête de Turc brazileirão en plus !

– Et puis il y a votre village au Brésil qui compte sur vous… dit à mi-voix Valérie en baissant les yeux, un peu gênée.

– Je vais réfléchir à tout ça, les enfants, je vous le prãomets ! Même si je vous prãomets rien, vous savez…

– Une dernière chose, monsieur Raoulinho, lance Valentin. Vous êtes déjà un sacré phénomène, vous savez, mais vous pouvez devenir une véritable légende vivante. Rendez-vous compte : un Brésilien, mais qui joue défenseur, qui se retrouve parachuté à Saint-Étienne, où il devient mille fois plus connu que n'importe quel attaquant, puis disparaît, se déguise en mémé, se cache dans un entrepôt de rubans, puis qui réapparaîtrait comme par magie, pour la plus grande joie du plus grand nombre, ça aurait de la gueule, comme on dit !

– Le genre de destin dont on pourrait faire un roman ! s'emballe Valérie.

– On compte sur vous, monsieur Raoulinho ! l'encouragent Valérie et Valentin d'une même voix, avec les mêmes yeux qui brillent.

– Soyez prudents en rentrant chez vãous, les enfants, dit Raoulinho en les raccompagnant vers la porte de son hangar aux merveilles. Vãous venez de loin comme ção ?

– Du collège de Beaubrun, lui répond Valérie dans un sourire avant de me décoller du mur et de me monter dessus, accompagnée de Valentin qui saute sur son skateboard.

*

Cette folle journée a exalté Valérie autant qu'elle l'a fatiguée. Et, après m'avoir déposé dans le garage, c'est en bâillant qu'elle entre dans la cuisine.

– Oooooоaaaaaaah ! Bonsoir, maman…

– Bonsoir, ma puce. Tu essaies de gober des mouches ?

– Ah non, certainement pas, tu nous fais manger suffisamment de trucs bizarres comme ça ! plaisante Valérie.

– Ça pourrait changer, tu sais… Tiens, prends les assiettes, les couverts, et demande à ton père et à ton grand-père de te donner un coup de main pour une fois. Ça peut pas leur faire de mal.

Quelques ronchonnements plus tard, la table est mise et c'est la traditionnelle inquiétude qui gagne les rangs. « Quelle nouvelle recette improbable Fulberte a-t-elle décidé de nous concocter ? À moins qu'elle ne préfère nous servir les restes de son épouvantable plat guatémaltèque ? » s'interrogent du regard Valérie, Alphonse et Papilles.

Mais non, divine surprise, c'est un magnifique poulet rôti accompagné de pommes de terre rissolées que l'hôtesse de l'air pose au centre de la table !

– Sacrebleu ! s'étonne le père de Valérie, tu étais en panne d'inspiration, ma chérie ?

– Tu as fait une escale dans le Gers ? investigue Papilles.

– Tu as de la fièvre, maman ? se préoccupe Valérie.

– Rien de tout ça, lance Fulberte. C'est un test. Air Lagoon cherche des hôtesses au sol pour étoffer sa présence dans les aéroports, et je me suis portée candidate. J'en ai parfois assez d'être en permanence par monts et par vaux. Je crois que j'ai envie de me poser un peu.

– Ça veut dire que tu ne passerais plus ton temps aux quatre coins du monde, maman ? demande Valérie.

– Qu'on devrait faire une croix sur toutes ces spécialités culinaires baroques que tu nous fais découvrir depuis tant d'années ? sonde Alphonse.

– Absolument toutes ? tient à savoir Papilles.

Valérie, Alphonse et Papilles attendent fébrilement la réponse de Fulberte. Le suspense est à son comble. Même Marguerite, dans un coin du salon, semble ronger ses griffes plutôt que sa carotte.

– J'en ai bien peur en effet, répond avec une pointe de désolation la mère de Valérie. Vous devriez alors vous contenter de plats tout ce qu'il y a de plus convenu. Comme ce poulet-patates par exemple.

– ACCEPTE ! hurle Alphonse.

– Je vais te chercher un Bic pour signer ton contrat, ma chérie ! crie Papilles en renversant sa chaise pour courir jusqu'au pot à crayons posé sur la table basse.

– C'est le plus beau jour de ma vie ! s'égosille Valérie en sautant au cou de sa maman.

– J'aurais jamais cru que vous le prendriez aussi bien ! se réjouit Fulberte.

– T'imagines pas à quel point ça nous fait plaisir, mon amour, sourit Alphonse, les yeux au bord des larmes.

– Quel soulagement de savoir que tu vas moins voyager, ma grande, t'as pas idée ! lance Papilles en glissant un stylo-bille dans la main de sa fille.

– Mes notes en géographie risquent de s'en ressentir, mais c'est effectivement une excellente nouvelle, maman ! conclut Valérie.

Le poulet est dévoré en dix minutes. Les pommes de terre englouties plus vite encore. Et tout le monde semble aussi repus que joyeux.

– Et toi, ma puce, brûle de savoir Papilles, tu ne nous as rien dit et je n'ai jusque-là pas osé te poser la question, mais, alors… tu lui as parlé, aujourd'hui, à Raoulinho ?

– Absolument ! répond Valérie en levant fièrement le menton. Avec Valentin, on lui a dit tout le bien qu'on pensait de lui, et on l'a supplié de rejoindre l'équipe. Ensuite, bon... on sait très bien que c'est lui, et lui seul, qui prendra sa décision.

– La balle est dans son camp, sourit son père, attendri autant qu'impressionné par sa fille, souhaitant même qu'elle parvienne à ses fins, bien qu'un éventuel retour de Raoulinho parmi les Verts le rende malade d'avance.

– Tiens, ma chérie, fais un vœu, lance la reine du poulet rôti à sa fille en lui tendant l'os à souhait qu'elle tient entre le pouce et l'index.

– Il est fait, sourit Valérie en fermant les yeux.

Crac !

Valérie rouvre les yeux, et son sourire s'agrandit encore.

Chapitre 11

Une pétition de compétition

Le soleil se couche. Le jour se lève. Valérie aussi.

Elle retrouve Valentin au collège, où tous deux passent la matinée à faire semblant d'écouter madame Blanchard. Ils ont la tête ailleurs, la tête dans la tête de Raoulinho, à imaginer ce qui peut bien s'y tramer, quelle décision peut bien y mûrir.

Un autre jour passe, et puis encore un autre.

Une semaine passe, et puis encore une autre.

Le temps n'a jamais semblé aussi long. Les secondes sont poisseuses. Elles durent des minutes, et les minutes des heures. Comme si toutes les aiguilles des horloges étaient engluées dans un épais coulis exotique et brunâtre savamment raté par Fulberte.

Un matin, en arrivant dans la cour de récréation, Valentin est plus désespéré que jamais.

– Il faut se rendre à l'évidence, se lamente-t-il auprès de Valérie. On ne s'est pas montrés assez convaincants. Raoulinho n'a définitivement pas l'intention de rejouer…

– Taratata… murmure Valérie avec les yeux qui brillent. J'ai eu une idée fa-ra-mi-neuse hier soir !

Valentin connaît désormais mieux Valérie que quiconque. Il sait qu'elle déborde d'idées. Il sait que ses idées débordent de malice. (Et au passage, il sait aussi qu'il va encore plus déborder d'admiration pour elle, mais c'est une autre histoire.)

– Raconte ! Raconte ! Raconte ! s'impatiente Valentin avec des yeux qui, eux, clignotent carrément.

– Tu te souviens de cette histoire de spaghettis à la cantine dont je t'avais parlé ?

– Avec les boulettes de viande qui avaient été supprimées ? Et les élèves du collège en colère au point de lancer une pétition et de manifester dans la cour avec des banderoles ? Un peu que je m'en souviens !

– Quelle mémoire ! siffle Valérie. Bon, eh bien j'ai récupéré la pétition en question, et des photos de la manifestation. Cet après-midi, on file voir Raoulinho !

– Ah oui ? se réjouit Valentin tout excité, sans bien comprendre cependant ce que Valérie mijote.

– Eh oui ! confirme Valérie avec un beau brin de fierté et un air sacrément mystérieux.

*

En guise de cours de gym, Valérie et Valentin font donc un peu de vélo et de skateboard. Et en quelques minutes, les voilà devant le hangar aux rubans qui abrite mémé Raoulinho.

Imitant Valérie lors de leur première visite, Valentin frappe à la porte tel un pic-vert affamé.

– Qui est lão ? fait une petite voix à l'intérieur.

– C'est nous, Valérie et Valentin, glisse Valérie. La petite fille avec un vélo et le petit gars avec une mèche ! On est venus vous voir il y a deux semaines pour essayer de vous persuader de reprendre du service.

La porte s'entrouvre. Deux petits yeux affûtés scannent Valérie et Valentin avant qu'une ribambelle de dents ne se mette à scintiller dans la pénombre.

– Entrez, les enfãonts, entrez !

Valérie et Valentin ne se font pas prier.

– Mon Diãouu, ça fait plaisir de vous voãr, les amis !

– Nous aussi, monsieur Raoulinho, nous aussi ! lui répond un radieux Valentin.

– Alors, qu'est-ce qui se passe, monsieur Raoulinho, vous ne vous êtes pas encore décidé !? le tance gentiment Valérie en entrant tout de suite dans le vif du sujet.

– Je sais pas trão. Je suis perdou. Je me pose beaucãoup de questiãons…

– Alors regardez ça, monsieur Raoulinho, lui ordonne presque Valérie en sortant une pochette verte de son sac de classe.

Raoulinho s'exécute. Il ouvre la pochette et découvre une dizaine de feuilles A4 agrafées entre elles. Elles contiennent une longue liste de noms, prénoms et signatures.

Et en haut de la première page, on peut lire, en gros : « ON VEUT À NOUVEAU DES BOULETTES ! »

– Qu'est-ce que c'est que ção ? interroge Raoulinho, les yeux tout écarquillés.

– Une pétition pour votre retour, pardi ! l'éclaire Valérie. Tous les élèves du collège l'ont signée. Tout le monde vous adore. Tout le monde espère votre retour, vous savez, à vous et vos boulettes !

« Haaaaan… cette fille est aussi tarée que géniale », se dit Valentin avec fascination, à voix basse, dans sa barbe qu'il n'a pas encore.

– Regardez, ils ont même organisé une manifestation, renchérit Valérie en sortant une série de photos de la pochette verte.

Raoulinho regarde les photos une par une. On y voit des collégiens défiler dans une cour de récréation derrière de larges banderoles sur lesquelles on peut lire « LES BOULETTES NOUS MANQUENT ! » et autres « ON VEUT NOS BOULETTES ! »

Raoulinho en reste bouche bée. Il est scié. Sidéré. Touché. Et s'assied sur un tabouret.

De mémoire de vélo, je n'ai jamais vu une mémé aussi émue.

– Ah oui, monsieur Raoulinho, une dernière chose, glisse Valérie avec malice : si vous décidiez de rejoindre les Verts, non seulement vous feriez un magnifique cadeau à mon papy, mais en plus mon père serait sacrément contrarié ! Et rien que de voir sa tête, j'en ris d'avance, hi hi hi !

*

À peine dehors, la porte du hangar tout juste refermée, Valérie se justifie auprès de Valentin.

– Tu penses sûrement que c'est pas très moral ce que j'ai fait avec la pétition et les photos, Valentin… Mais quand c'est pour la bonne cause, je me dis qu'on a le droit de mentir un petit peu, de jouer plus ou moins avec la réalité. Tu crois pas ?

– Oh que si ! lui répond Valentin avec, en l'occurrence, la plus grande sincérité.

– ATTENDEZ, LES AMIS ! ATTENDEZ ! hurle derrière eux Raoulinho qui les rejoint en courant. Vous m'avez convaincão, les enfants. Je vais rejouer au futebol ! Je vais rejoindre le cloub !

– Fãormidable ! explose Valérie dans un grand éclat de rire en sautant dans les bras du géant à perruque.

– Yãoupi ! lâche Valentin en enlaçant Valérie et Raoulinho.

(« Euh… Fantasticão ? » hasardé-je en mon for intérieur pour me joindre à la fête.)

– Il faut annoncer ça à la presse ! s'emballe la jolie mèche blonde.

– Houlala ! Minãoute papillon ! le tempère aussitôt Raoulinho. Je dois d'abord retrouver la fãorme. Je n'ai pas fait d'exercice depuis des loustres ! Il faut au moins que je fasse des fãooting !

– On pourrait vous accompagner ! propose Valérie, jamais avare d'idées emballantes.

– Avec joão, sourit Raoulinho de toute sa magique dentition.

– Valérie sur son vélo, moi sur mon skate, et vous dans vos baskets, sourit Valentin de toute sa tragique dentition.

– On commence quand ? demande Valérie, surexcitée.

– Demãon à dix-sept heures ? propose Raoulinho. Et ensuite tous les jours pendant une semaine, ça vãous irait ?

– Parfait ! répondent simultanément Valérie et Valentin.

– Alors à demãon, les amis, conclut mémé Raoulinho en regagnant son hangar d'un pas de damoiselle.

Valérie et Valentin quittent Raoulinho sans un mot de plus.

Moitié hébétés, moitié songeurs, ils ne bavardent pas davantage sur le chemin du retour.

Et une fois chez eux, chacun de son côté, ils se taisent encore. Ce soir-là, ni Papilles, ni Alphonse, ni Fulberte, ni même Marguerite n'entendent le son de la voix de Valérie. Pas plus, un peu plus loin dans la ville, que la mère de Valentin celle de son blondinet de fiston.

Le secret doit être bien gardé.

Et puis, parfois, le bonheur a tout bonnement soif de silence.

Chapitre 12

Feu vert

La nuit a été belle. Les songes de Raoulinho se sont perdus dans les tissus dorés de son curieux hangar. Valérie et Valentin, dont le sommeil de plomb a écrabouillé tout souvenir de rêve, se retrouvent quant à eux de bon matin dans la salle de classe de madame Blanchard.

La journée passe. Gentiment. Et dès les cours terminés, les deux rouleurs sur bitume filent rejoindre le Brésilien zinzin dans sa cachette. En-fin !

Ils toquent-toquent-toquent de leurs quatre petits poings sur la porte du hangar et attendent patiemment que Raoulinho leur ouvre. Ils l'imaginent déjà en short et T-shirt de running, prêt à en découdre avec les kilomètres d'asphalte de la ville. Mais pas du tout! Que nenni! C'est l'authentique mémé Raoulinho qui leur ouvre, avec sa robe à fleurs et sa perruque!

– Vous… vous avez changé d'avis? se décompose Valentin.

– Vous n'avez plus l'intention de rejouer au foot? blêmit Valérie.

– Bien sãoûr que si! s'esclaffe Raoulinho. Seulement je préfère rester encore incognitão avant d'annoncer officiellement mon retãour, c'est tout. Mais regardez, j'ai mes baskãets aux pieds!

– Et un bandeau en éponge autour de la tête! constate Valérie, rassurée.

– Enfin, autour de la perruque, plus précisément, se marre Valentin.

– Allez, *let's gão*, les amis! lance mamie footing en se frottant les mains.

Et c'est parti, mãon kiki! Pendant une semaine, en fin d'après-midi, les habitants de Saint-Étienne voient filer sous leurs yeux médusés un bien improbable trio. Une octogénaire d'un mètre quatre-vingt-cinq poursuivie par un édenté sur une planche à roulettes et une follette qui mouline à toute vitesse sur son vélo depuis le panier duquel une lapine s'escrime à lâcher des crottounettes aux quatre coins de la ville tel un Petit Poucet 2.0.

De la colline de Beaubrun à la colline de Villebœuf, de celle de Métare à celle de Saint-Priest, en passant par celles de Montaud, du Crêt-de-Roc et de Montreynaud, on n'avait jamais vu ça.

Sept jours plus tard, Valérie et Valentin sont épuisés, Marguerite euphorique, votre serviteur ravi de s'être dégourdi les roues comme jamais, et Raoulinho fin prêt pour annoncer le samedi suivant son retour fracassant.

*

Et voilà, samedi arrive.

Et avec lui, le journal de Papilles. Et avec lui, la grande, l'immense, la MAJUSCULE nouvelle ! En première page, la photo d'un Raoulinho toutes dents dehors, des rubans plein les cheveux, et ce titre tonitruant :

« ABRACADABRA ! RAOULINHO EST DE RETOUR ! »

En dessous, plus sobrement : « Le fantasque défenseur brésilien volatilisé depuis des semaines refait son apparition comme par magie et retrouvera le Chaudron dès vendredi prochain pour le volcanique derby contre Lyon. Une histoire rocambolesque à découvrir en pages Sports. »

Valérie ne comprend pas bien cette histoire de Chaudron et de derby, mais peu importe, l'os à souhait du poulet a tenu sa promesse !

Elle-même, Papilles et même son père font des bonds de cabri dans le salon en poussant des cris sous l'œil circonspect de la mère de famille qui part le lendemain pour le Honduras. Marguerite, consternée, se cache dans un coin, ses longues et souples oreilles rabattues sur les yeux.

*

Le lundi matin au collège, c'est l'effervescence. Sans surprise, le retour de Raoulinho est numéro un des *trending topics* de la cour de récré. Valérie et

Valentin, qui savent tout mais ne disent rien, écoutent en souriant les informations grotesques rapportées par leurs petits camarades. « Il paraît qu'il se terrait dans une vieille usine de serpillières ! » « Mon père m'a expliqué qu'il se déguisait en fossile de dinosaure ! » « Dans le journal, Raoulinho raconte que c'est après avoir reçu la visite de deux lutins qu'il a décidé de sortir de sa cachette et de faire son grand retour ! »

De toutes, cette dernière information est pourtant véridique. Raoulinho a bel et bien évoqué la visite de deux lutins, ce qui a d'ailleurs inévitablement fait rire Valérie et Valentin, qui reconnaissent là son espièglerie.

La sonnerie retentit dans la classe, la journée de cours se termine enfin. Les élèves sortent de l'établissement en courant dans tous les sens. Plus calmement, Valentin roule au pas sur son skate tandis que Valérie marche à côté de lui en me poussant par le guidon. Elle me paraît de plus en plus grande. On aura beau relever ma selle et mon guidon à leur maximum, je sais que dans quelque temps je ne ferai plus l'affaire. C'est comme ça, j'en ai vu d'autres. Mais ça me fait forcément un petit pincement au cœur.

Ils n'ont pas parcouru plus d'une dizaine de mètres qu'une mystérieuse femme blonde vient à leur rencontre.

– Bonjour, les enfants !

– Bonjour, madame, lui répond Valérie avec autant de curiosité que de timidité.

– Je travaille au service communication du club de foot de Saint-Étienne, continue la femme de sa douce voix, et un joueur de l'équipe qui ne vous est pas tout à fait inconnu m'a chargée de vous transmettre ceci.

– Merci, madame, dit Valentin en saisissant l'enveloppe que lui tend la dame.

– Je crois que ça va vous plaire ! sourit la femme avec l'œil qui frise. Bon, excusez-moi, les enfants, mais je dois vous laisser, sinon je vais encore être en retard. En tout cas on m'avait dit le plus grand bien de vous, et c'est vrai que c'était un plaisir de vous rencontrer.

– Au revoir, madame ! lui répondent en chœur Valérie et Valentin.

– Au revoir, les enfants. Et à bientôt peut-être, qui sait…

Valérie déchire aussitôt l'enveloppe dont Valentin sort un mot griffonné sur une carte ainsi que quatre morceaux de papier rectangulaires.

– Pour mes poutits loutins. Signé : Raoulinho ! lit Valentin à voix haute.

– Trop mignon ! s'exclame Valérie. Et ouaaah ! regarde : des places pour le match de vendredi !

– Le derby du Chaudron ! surenchérit Valentin.

– Ah mais justement, demande Valérie avec une pointe d'excitation, c'est quoi cette histoire de derby et de Chaudron ?

– Je me suis renseigné, c'est pas très compliqué : un derby, c'est un match entre deux villes voisines, une guéguerre un peu bête pour savoir laquelle est plus forte que l'autre.

– Ah d'accord ! Et le Chaudron ?

– C'est le surnom du stade de foot de Saint-Étienne. Parce que l'ambiance y est, paraît-il, bouillante, comme dans un chaudron !

– Rien à voir avec la potion magique de Panoramix donc ?

– Ha ha non, rien du tout, sourit Valentin en contemplant amoureusement les grains de beauté de Valérie.

– C'est bien ce qui me semblait, rétorque Valérie une fois de plus enivrée par la mèche blonde de Valentin.

Chapitre 13

Le derby du Chaudron

– À NOUS LE DERBYYYYYYY DU CHAUDROOOOOON ! hurle Valérie en déboulant dans le salon avec les quatre billets qu'elle colle sous les nez interloqués de son père et de son grand-père.

Et elle leur raconte tout, dans le désordre mais c'est pas grave : les poutits loutins, Panoramix, l'enveloppe mystérieuse, la jolie dame blonde… La seule chose qu'Alphonse et Papilles retiennent, c'est que dans quatre jours ils iront voir Saint-Étienne-Lyon en compagnie de leur Valérie et de son petit Valentin, et ça les ravit.

– À NOUS LE DERBYYYYYYY DU CHAUDROOOOOON ! hurlent-ils à leur tour, hilares.

*

La semaine paraît interminable, mais enfin, enfin, enfin arrive vendredi.

La maman de Valentin a donné son accord pour que son fils dîne chez Valérie avant d'aller voir le match en compagnie de son père et de son grand-père. Alors dès la fin des cours, Valérie pédale à m'en donner le tournis, Valentin patine à en faire fondre les roulettes de son skate, et les voilà déjà dans le salon familial.

L'humeur y est légère, joyeuse. Le match tant attendu se tient dans quelques petites heures et la maman de Valérie est de retour de voyage. Une bonne nouvelle n'arrivant jamais seule, cette dernière annonce avec fierté que sa demande de mutation a été acceptée : la voilà officiellement hôtesse au sol. Terminés les déplacements aux quatre coins du monde et les plats improbables qui se terminent systématiquement en soupe à la grimace. Valérie est aux anges.

– Du coup, tu nous as à nouveau cuisiné un poulet rôti avec des patates sautées ? demande-t-elle avec des étoiles dans les yeux.

– Ah non, ma chérie, il était hors de question de ne pas vous concocter une spécialité de mon dernier voyage à l'étranger ! se félicite Fulberte.

Le silence se fait. Papilles lève les yeux de son journal pour mieux froncer ses sourcils broussailleux. Alphonse sent son estomac se tordre. Et Valérie adresse un regard désolé à Valentin, que la situation fait en l'occurrence sourire à pleines non-dents.

– Tadaaaaa ! Des *frijoles* ! annonce Fulberte quelques minutes plus tard en posant au centre de la table de la salle à manger un étrange gloubi-boulga fumant et rougeâtre.

– Mais encore ? sonde Papilles.

– Éclaire nos lanternes, ma chérie, demande Alphonse d'une toute petite voix, comme s'il ne tenait pas vraiment à en savoir davantage.

– C'est quoi ce truc !? s'inquiètent en chœur Valérie et Valentin.

– Une purée de fèves rouges et de haricots noirs frite dans l'huile. Vous allez voir, c'est dé-li-cieux ! Et puis ça tient au corps. Je me suis dit que ça vous calerait bien comme il faut pour votre match.

– Oh, fallait pas t'embêter, ma chérie, on aurait très bien pu se contenter d'avaler des hot-dogs avec une simple barquette de frites et une bonne bière bien fraîche avant d'entrer dans le stade, rétorque Alphonse d'un air rêveur.

– Ça sent très bon en tout cas, madame ! ment poliment Valentin à Fulberte, qui trouve ce petit garçon décidément bien charmant.

*

Papilles, Alphonse, Valérie et Valentin descendent du tramway le cœur battant. Le Chaudron est encore à quelques centaines de mètres, mais ils ressentent déjà cette drôle d'effervescence qui enrobe les grandes manifestations sportives. Les supporters de Saint-Étienne sont déchaînés. « Pour un peu, on se croirait dans un film de Martiens ! » rigole Valérie en observant tous ces petits hommes verts courir dans tous les sens en criant et chantant à tue-tête.

De gros tambours se font également entendre. Ainsi que des noms d'oiseaux à l'encontre des supporters lyonnais venus encourager leur équipe. « On est bien sur Terre… » rectifie Papilles en s'adressant à Valérie dans un haussement d'épaules, comme pour s'excuser du comportement un peu idiot de ses congénères.

Alphonse, qui avait discrètement faussé compagnie aux trois autres, les rejoint avec un large sourire sur le visage, ainsi qu'un hot-dog, une barquette de frites et une bière bien fraîche dans les mains. On est glouton ou on ne l'est pas.

Valérie, en bonne cheffe, conduit la petite troupe jusqu'à l'accès aux tribunes qui les attendent. Ce qui arrange bien Papilles, qui ne reconnaît pas du tout les abords du stade, déboussolé qu'il est de ne plus y avoir mis les pieds depuis l'époque des mammouths, au bas mot.

Une hôtesse prend en charge les quatre invités du soir et les convie à la suivre. Et là, après avoir gravi quelques marches, quel choc ! Un immense rectangle vert éclairé de mille feux leur saute aux rétines, et tout autour, ce sont quarante mille supporters braillards qui se chargent de leurs tympans. Valérie et Valentin se regardent, assommés. Pas une seule seconde ils n'auraient imaginé qu'un match de foot puisse être aussi prometteur.

– Le Chaudron porte sacrément bien son surnom ! finit par lâcher Valérie.

– Et en plus, on est en tribune officielle ! siffle Papilles, qui n'avait jamais connu pareil privilège.

– C'est quoi la tribune officielle ? demande timidement Valentin.

– C'est le meilleur endroit dont on puisse rêver pour assister à un match, mon bonhomme, explique Alphonse en adoptant un air expert. Regarde un peu : on est pile au milieu du terrain, entre les deux camps. Et pile à la bonne hauteur : suffisamment haut pour bien comprendre les schémas tactiques, et suffisamment bas pour distinguer chaque joueur.

– Et pile à côté des petits fours ! sourit Papilles en saisissant un mini croque-monsieur sur un plateau que lui tend une très grande dame, sous le regard dépité d'Alphonse qui regrette aussitôt de s'être autant empiffré juste avant. Et en tribune officielle, poursuit Papilles la bouche pleine, en plus des petits fours, on trouve aussi le gratin ! Tu vois, fait-il d'un geste du menton, là il y a le maire de la ville, et puis à côté le président du club, et puis à côté le président du club de Lyon, et puis à côté un chanteur un peu ringard…

– Oh et puis un peu plus loin il y a la dame qui nous a donné les places ! le coupe Valentin en faisant coucou à la chargée de communication du club qui ne manque pas de le saluer en retour tout en grignotant des bretzels.

– Je sens qu'on va passer une soirée terrrrrrrrrible ! s'écrie Valérie.

Chapitre 14

On a retrouvé Raoulinho !

Les joueurs font leur entrée sur la pelouse en courant. Les supporters des deux équipes deviennent complètement dingos. Valérie et Valentin cherchent Raoulinho du regard. Ouf! Il est bien là!

Le speaker énonce un par un le nom de chaque joueur, et quand vient le tour de Raoulinho, on frise l'hystérie collective. Un déluge de hourras salue son retour, en même temps qu'une avalanche de sifflets s'en inquiète. Ne prêtant attention qu'aux premiers, le Brésilien éblouit la ville entière de son sourire. «Les dents du bonheur…» s'émeut Valérie.

L'arbitre porte son sifflet à la bouche, et c'est parti! Sur la pelouse, les joueurs cavalent, glissent, taclent, se chahutent et s'invectivent. Au bord du terrain, les entraîneurs crient, râlent, font des grands gestes, se chahutent et s'invectivent. Et dans les tribunes, les supporters chantent, dansent, hurlent, se chahutent et s'invectivent.

– Drôle de sport ! crie Valérie à Valentin pour se faire entendre.

– Et tout ça pour une boule de plastoc remplie d'un peu d'air ! lui confirme Valentin en se penchant vers elle.

– C'est fou quand même, Valentin… lui dit Valérie droit dans les yeux, en baissant d'un ton.

Valentin n'est pas certain d'avoir très bien entendu cette dernière phrase, mais tant pis, il saisit sa chance :

– Moi aussi c'est fou comme je t'aime, Valérie…

Et il l'embrasse ! Sur la bouche ! Devant quarante mille personnes !

Stupéfaite, Valérie marque un temps d'arrêt avant d'accepter ce baiser comme le plus tendre cadeau du monde, et de le prolonger avec délice. Le temps semble suspendu et des dizaines de papillons virevoltent dans son ventre. De son côté, Valentin a l'impression de planer encore plus que Thomas Pesquet en pleine sortie extravéhiculaire. La comparaison vaut ce qu'elle vaut, mais c'est en tout cas celle qui lui vient à l'esprit.

C'est doux et fort, un baiser sur la bouche, pensent-ils en même temps. C'est chaud et chamboulant. C'est l'amour, c'est la vie, c'est tout à la fois. C'est « Buuuuuuuuuuuuuuuuuuuuuuuuuuuuuu uuuuuuuuuuuuuuuut !!! But ! Buuuuuuuuuuuuu uuuuuuuuuuuuuuuuuuuuuuuuuuuuuuuuut !!! »

Ah… on dirait bien que l'actualité sportive vient brutalement de rattraper nos deux amoureux.

Les lèvres toujours unies, ils écarquillent les yeux pour regarder autour d'eux. Le constat est évident : les Verts viennent d'ouvrir le score, et c'est tout un Chaudron qui chavire. Le stade déborde de décibels. Une liesse indescriptible envahit les gradins.

Valérie et Valentin interrompent leur tout premier baiser et se regardent en souriant.

Dans les secondes qui suivent, une rumeur se répand comme une traînée de poudre. « C'est

Raoulinho ! C'est Raoulinho qui a marqué ! » En effet, le speaker confirme dans la foulée l'identité du buteur. « But de Raoulinho ! » Une clameur supplémentaire gagne les tribunes en délire. Valérie et Valentin, qui ne veulent pas être en reste, se mêlent aux voix des supporters pour chanter à tue-tête l'hymne dédié à l'imprévisible Brésilien : « Ra-ou-linhooo ! Tu ne viens pas de Riooo ! Mais c'est toi le plus beauuu ! »

*

Pfuiiiit !

L'arbitre siffle la mi-temps.

1-0, but de Raoulinho à la 44e minute.

Les joueurs des deux équipes rejoignent les vestiaires.

Et en ressortent un quart d'heure plus tard pour fouler à nouveau la pelouse.

*

Valérie tombe des nues :

– Mais… j'ai la berlue ou ils ont changé de côté !?

– Non non, tu n'as pas la berlue, la rassure Valentin, ils ont bien changé de côté à la mi-temps.

– Bah… pourquoi ?

– Justement parce que c'est la mi-temps. Dans tous les sports, c'est pareil, sourit Valentin.

– Ah bon ! Je savais pas, s'excuse presque Valérie. Tu dois vraiment me trouver bête.

– Non, je te trouve belle ! murmure Valentin en lui prenant discrètement la main.

Dans les travées du stade, la seconde mi-temps déchaîne encore plus les passions que la première. Le suspense rend l'atmosphère on ne peut plus électrique. Les Verts parviendront-ils à conserver leur but d'avance ? Les Lyonnais vont-ils égaliser ? Ou pire, gagner !?

Les minutes défilent, alternant grands espoirs et peurs bleues.

85e minute de jeu. Corner pour Lyon. Le ballon s'élève dans le ciel, arrive devant le but des Verts, quarante mille furieux retiennent leur souffle, mais un défenseur de Saint-Étienne a la riche idée de l'éloigner d'un savant coup de tête dans la direction de Raoulinho qui, d'un geste limpide que personne ne comprendra jamais, au grand jamais, s'envole pour exécuter un splendide retourné acrobatique qui expédie directement le ballon dans son propre but, en pleine lucarne, hors de portée de son gardien !

Silence de mort dans le stade.

(Pardonnez cet aparté, mais je profite de ce silence pour vous dire à quel point ce but me remplit au contraire de joie, car je ne peux m'empêcher de voir dans ce geste parfaitement réalisé par Raoulinho, qu'on appelle communément « bicyclette », un formidable hommage aux vélos du monde entier.)

(Bref, revenons à nos footballeurs.)

Raoulinho, retombé lourdement par terre, lève timidement le nez du gazon, des brins d'herbe plein les chicots. Autour de lui, des coéquipiers dépités. Dans les gradins, des supporters atterrés, Alphonse le premier. En tribune officielle, un président de club dévasté. Et à côté de lui, un directeur financier qui se console comme il peut en pensant à l'argent bientôt gagné par le club grâce aux millions de vues supplémentaires sur YouTube que ce nouveau « chef-d'œuvre » du défenseur brésilien va générer.

Le speaker, qui a connu des jours plus faciles, annonce de manière nettement moins enjouée que la première fois un nouveau « but de Raoulinho… »

But pour Lyon donc.

Un partout, balle au centre, cinq minutes de jeu supplémentaires qui ne donneront rien, coup de sifflet final et gueule de bois générale.

Papilles préfère en rire et Alphonse en pleurer. À l'image des supporters, ils sont toujours aussi partagés sur le cas Raoulinho. Faut-il le féliciter pour son but en première mi-temps ou le maudire pour celui de la seconde ? Faut-il l'encenser pour sa fraîcheur inoxydable ou le détester pour son incorrigible maladresse ?

Raoulinho, lui, regagne le vestiaire en levant le nez vers la tribune officielle. On dirait qu'il cherche quelqu'un du regard.

Soudain, son visage s'éclaire. Ça y est ! Il a repéré les deux petits amoureux qui, quelques jours plus tôt, ont su lui redonner le goût du jeu. Il tend les bras vers eux et, comme pour les remercier, fait avec chacune de ses mains le V de la victoire.

Et ces deux «V», côte à côte, indissociables, prennent aux yeux de Valérie et Valentin un sens tout différent…

Épilogue cycliste

Voilà, c'est avec une émotion certaine que je vois Valérie grandir chaque jour un peu plus. Mais je ne m'en désole pas, il y a un temps pour tout. Et le temps est donc maintenant venu pour elle de se choisir un vélo un peu plus grand. Un vélo qui l'accompagnera doucement jusqu'à sa vie d'adulte.

Quant à moi, si j'ai pu modestement contribuer à lui faire gagner un peu de confiance par-ci, un peu d'autonomie par-là, j'en serai le plus heureux des vélos.

Et puis je sais que Valérie ne m'oubliera pas. Elle aura beau me refourguer à un cousin ou à un voisin, à un inconnu ou – qui sait – à ses enfants un jour, elle aura toujours, toujours, un petit vélo dans la tête.

Merci à Charlotte von Essen pour Mélanie Perry,
et à Mélanie Perry pour tout.

Découvrez les autres titres de la collection
«Mon Marque-Page +»

Le Cœur en braille abrégé

Pascal Ruter

Une histoire aussi savoureuse qu'un loukoum.
Une nouvelle version du grand classique de Pascal Ruter pour les plus jeunes lecteurs.

La mère de Marie a fait un aller-retour jusqu'à la cuisine.
– Vous faites de la musique, vous aussi, peut-être ? m'a demandé son père.
– Pas du tout, monsieur. J'ai jamais fait la différence entre une symphonie et un accident de voiture.
Marie est intervenue :
– Victor dit ça, mais en fait [...] c'est un très bon mélomane qui sait parfaitement écouter et qui juge avec beaucoup de sensibilité.
J'ai rougi à mort. Au moins j'avais appris un mot. Jusque-là je croyais qu'un mélomane, c'était un grain de beauté. Rien que pour ça je n'avais pas perdu ma journée.
– Vous savez que notre fille, à la fin de l'année, va passer un concours pour entrer dans une école de musique très réputée ?
Marie a souri à son père et a planté ensuite ses yeux dans les miens, c'était comme une alliance dans le secret que nous partagions.

La Tente d'en face

Pascal Ruter

Le camping le plus rock'n'roll de France est à Arcachon : entre pirates, tente tordue et défis barrés, embarquez avec Titus et Bérénice !

La fille de la tente d'en face était en train de laver trois bols.

Elle m'a souri, et moi j'ai souri aussi, et on est restés à sourire comme ça comme deux idiots.

Je ne sais pas pourquoi, j'ai plié mon bras pour montrer mes muscles des bras, là où ça fait une boule.

Elle a eu l'air impressionnée.

Ainsi encouragé, je lui ai demandé :

– Tu t'appelles comment ?

– Bérénice. Et toi ?

– Titus.

Elle m'a expliqué qu'elle venait ici, au camping, tous les ans.

– Toujours au même emplacement. Mon père n'aime pas l'imprévu. Il préfère quand tout est organisé.

Je n'ai pas osé avouer que je n'avais jamais vu la mer, sauf à la télé et au cinéma. Au lieu de ça, j'ai dit que je n'étais jamais venu dans cette région à cause du métier de mon père qui est acteur américain et j'ai ajouté :

– D'habitude, on va à Miami Beach.

– C'est marrant, a-t-elle dit, tu ne devineras jamais qui j'ai rencontré sur l'autoroute. Johnny.

– Johnny Depp ?

– Oui.

Ses yeux se sont ouverts en grand, elle a laissé tomber sa bassine et ses bols.

– Me dis pas que…

J'ai fait oui de la tête très lentement en fermant les yeux.

– C'est mon père. Je m'appelle Titus Depp.

Ali Blabla

Emmanuel Trédez

Au pays de Shéhérazade et d'Aladin, une aventure désopilante aux mille et une péripéties !

[...] Farid lui annonça qu'il avait repéré une échoppe à proximité du Grand Bazar. Dès qu'Ali eut terminé son travail, ils y retournèrent ensemble.

– Ça alors, une échoppe troglodyte !

– Trop quoi ? demanda Farid. Trop humide peut-être ?

– Mais non, troglodyte : elle est creusée dans un rocher !

Humide ou pas, Ali tomba tout de suite sous le charme.

– J'y serai très bien. Je l'appellerai « La Caverne ». Ou plutôt « La Caverne d'Ali Baba » !

Cependant, Farid lui fit remarquer que dans le quartier, tout le monde l'appelait désormais Ali Blabla, à cause de son bagou.

– Blabla ? Je parle tant que ça, Farid ?

– Ce n'est pas moi qui le dis !

Ali baptisa donc l'échoppe La Caverne d'Ali Blabla.

Le Pèse-claques

Mathilde Lossel

Imaginez une machine capable de révéler vos bêtises au grand jour… Pour Tabatha, il n'en est pas question ! Tous les moyens sont bons pour éviter son plus grand cauchemar : le Pèse-claques !

– Moi, M. Kam'lott, cria-t-il, j'ai fabriqué la machine… que voici !

Rouge d'excitation, il tendit les bras vers le mécanisme posé à côté de lui sur la scène.

Quelques spectateurs applaudirent. Les autres retinrent leur souffle, impressionnés par le grand monsieur en costume.

– Cette machine, construite de mes propres pieds… euh… de mes propres mains… est capable de peser scien-ti-fi-que-ment les bêtises commises par vos enfants pendant la semaine !

Un murmure ébahi monta des gradins. Ce monsieur… Calotte… – ou était-ce Carotte ? – enfin, cet homme-là leur présentait une invention révolutionnaire !

M. Kam'lott poursuivit :

– En fonction du poids des bêtises, la machine distribue aux garnements… c'est-à-dire aux… enfants… la juste punition scien-ti-fique qu'ils méritent !

En entendant le mot « punition », les parents s'enthousiasmèrent.

Hugo aime Jo(séphine)

Sophie Dieuaide

Pour Hugo, c'est simple : les filles, c'est nul. Il ne se prive d'ailleurs pas de le crier sur tous les toits. Mais lorsque Joséphine fait une entrée remarquée au collège, le voilà tout chamboulé. Aidé de Clarisse, grande sœur et love coach hors pair, Hugo va vite s'apercevoir que l'imprévisible lui est tombé dessus : il est amoureux ! Et comme dirait son copain Samuel : « Mon pote, c'est le début des embrouilles… »

Il n'y a pas de quoi paniquer. Je ne dois pas être le seul garçon au monde à être tombé amoureux. Même si c'est vrai que le mot tomber *peut faire peur.*

Tomber comme chuter, s'affaler, trébucher, s'effondrer, s'abattre, vaciller, dégringoler…

Peut-être que oui, depuis que je suis amoureux, parfois, j'ai un peu dégringolé d'amour. Mais tous les autres jours, je me suis senti mieux. Je suis moins timide, j'ose faire des choses que je n'osais pas, je mets tous les matins du gel et je dis beaucoup moins de trucs débiles sur les filles (sauf certaines qui le méritent).

Il paraît que les Chinois ne disent pas tomber amoureux, *mais :* ài shàng. *Je traduis parce que tout le monde ne parle pas le chinois.* Ài shàng, *ça veut dire* monter amoureux.

Monter comme s'élever, se hisser, escalader, gravir, grandir.

C'est ça ! Je suis amoureux comme un Chinois. Pourtant, moi, Hugo Sécadès, que je tombe amoureux ou que je ài shàng d'une fille, ce n'était pas gagné.

60-62, rue Saint-André-des-Arts
75006 Paris
www.didier-jeunesse.com
Illustrations : Nicolas Gallois
Graphisme de couverture : Jeanne Mutrel
www.letmebebold-design.com
Composition, mise en pages et photogravure : IGS-CP (16)
ISBN : 978-2-278-09831-6 • Dépôt légal : 9831/01
N° d'impression : 1906432
Loi n° 49-956 du 16 juillet 1949 sur les publications destinées à la jeunesse

Achevé d'imprimer en France, à Alençon, en janvier 2020 chez Normandie Roto Impression s.a.s., imprimeur labellisé Imprim'Vert, sur papier composé de fibres naturelles renouvelables, recyclables, fabriquées à partir de bois issus de forêts gérées durablement.